사각사각

사각사각

이지원

지은이 소개

이지원

달리지 않고도 숨이 차도록 걷는 것을 좋아한다.

들숨보다 날숨을 아끼며 천천히 내쉰다.

매끄럽고 반짝이는 것보다 닳고 거친 것을 오래 만지고 싶다.

작은 목소리로 말하는 이들의 이야기를 들을 때 마음이 일렁인다.

2017년부터 글방 ‹사각›을 꾸려왔고 『살림문학』(곳간, 2024)을 함께 썼다.

imp929@gmail.com

차례

+ 들이쉬고 +

몸을 쭈-욱 펼쳐

1cm라도 더 뻗기 위한 사람의 몸짓은 세계를 확장하는 일과
같다. 힘을 손가락 끝까지 보내려면 몸과 마음의 기운을 한
방향으로 모두 집중시켜야만 한다. 창밖 겨울나무의 가지 끝에는
잎사귀와 열매가 아니라 저 아래 깊숙한 뿌리에서부터 끌어
올린 힘이 맺혀 있다. 나는 그 풍성한 가지 끝에서 위로를 얻었다.
가끔은 눈물 같은 것이 가지 끝에 비치기도 했다. 오랫동안
웅크리고 있었던 마음과 납작하게 짓눌러온 몸을 끄트머리에
맺힌 갖은 애씀을 알아보았을 때 비로소 펼 수 있겠다 싶었다.

그동안 허리를 구부리고 주저앉아 조급한 마음으로 눈앞에 놓인
살림을 꾸려야 했다. 아이들을 돌보고 정신없이 살아가는 일상에
내 몸은 갈수록 접혔다. 기지개를 펴는 법을 알고 있었지만
끝까지 펴지 못했다. 몸을 활짝 펼치고 손을 위로 끌어올리는 게
왜 그리 어려웠던 걸까. 한 문장씩 글을 이으며 손가락 끝까지
마음을 보냈다. 쭈-욱 머리 위로 팔을 들어 올리고 숨을 깊게

들이마셨다. 가슴과 배에 숨을 가득 채우고 마침표를 찍었다. 내가 들이마신 숨은 곁에 있는 이들과 내 앞에 펼쳐진 풍경과 나를 둘러 싼 모든 것들이다. 몸을 쭈-욱 펼쳐 천천히 숨을 들이쉬고 마시는 동안 내 세계는 얼마나 늘어났을까.

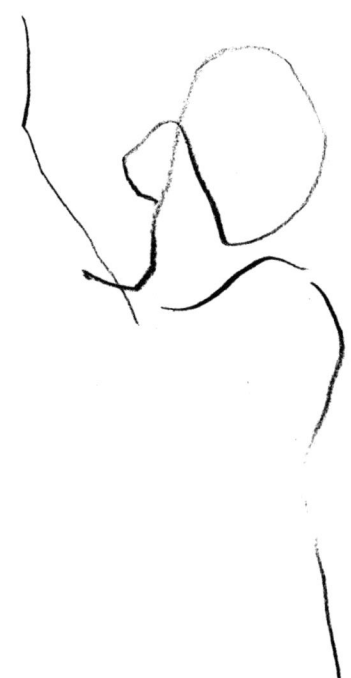

01

우리가 등을 쓰다듬는 이유

엄마, 슬픔이 어디 있는지 알아?

응? 어디?

슬픔은 등에 있는 거야.

왜? 그걸 네가 어떻게 알아?

엄마가 읽는 책에 어떤 사람 등이 이렇게

구부러져 있잖아. 그거 너무 슬퍼서 그런 거라며.

아. 그래, 그걸 기억하네. 그래서 '슬픔은 등에

있다'고 생각했구나. 그 말 참 멋있다.

엄마, 나 등 좀 쓰다듬어줘. 지금 조금 슬퍼.

왜?

내일 학교 가기 싫어서. 내일 학교 안 가면 안 돼?

너 내일 엄마가 참관 수업 가는 거 알지? 그런데

너는 안 가고 나만 가면 엄마가 대체 누굴 보고

오는 거니. 얼른 자라- 엄마가 등에 붙은 슬픔은

이렇게 털어줄게. (쓱쓱싹싹)

그런데 너 짜증은 어디에 있는지 알아?

어디에?

음- 짜증은 말이지. 겨드랑이. 여기에 끼어

있거든. 이리 와봐 그것도 빼줄게.

으악 간지러워- (떼구르르)

• 아이가 말한 책은 이브 엔슬러, 김은지 옮김, 『그들의 슬픔을 껴안을 수밖에』, 푸른솔,
  2024

아이와 나는 몸을 꼬고 비틀며 웃다 잠이 들었다. 언제 그랬냐는 듯 아침이 되면 뻗친 머리로 터덜거리며 일어나 대충 세수를 하고 순순히 학교에 가지만, 잠이 들기 전 내일 학교 가야 하는 이유를 매번 묻는다. 그렇게 다닌 지 벌써 2년이 되었다. 합천읍엔 초등학교가 두 개다. 누나 둘이 다니는 읍내 초등학교는 집에서 10분이면 갈 수 있지만 막내는 차로 20분 떨어진 다른 면 소재지 학교에 입학했다. 전교생 20여 명, 아이의 반 친구는 모두 다섯 명이다. 교실에는 다섯 개의 책상이 놓여있고 절반의 공간이 남은 교실 뒤에는 커다란 카펫이 깔려 있어서 아늑한 휴게실 같다.

지인들은 왜 누나들과 같은 학교에 보내지 않느냐고, 읍내도 시골인데 뭐하러 더 학생이 적은 곳에 보내냐고 묻는다. 둘째와 셋째는 연년생인데 늘 민첩하고 판단력이 빠른 누나 옆에서 막내는 느리고 여린 모습이 더 돋보인다. 마치 일본 영화 ‹늑대 아이›의 두 남매처럼 말이다. 한 살 많은 누나는 더딘 막내를 챙기느라 더 분주하고 두 번째 엄마가 되어 잔소리도 많다. 막내의 덩치는 이제 누나보다 크지만 그래도 누나 도움 없이는 어설픈 게 많다. 초등학생이 되면 누나들과 떨어져서 의지하지 않고 독립적으로 학교생활에 적응하길 바라는 마음이 들었다. 성향이 누나들과 달리 조용하고 표현이 느린 점을 생각해서 선생님의 보살핌이 좀 더 세심한 작은 학교가 좋을 것 같았다. 집에 돌아와 학교에서 오늘은 뭐하고 지냈나 물으면 늘 작은 곤충을 발견한 이야기, 급식으로 무엇을 먹었다는 이야기가 대부분이다. 여름이면 학교 텃밭에서 가지와 방울토마토를 한 봉지씩 들고 와서 저녁 재료로 만들어 먹고, 방과 후 수업이 필수라 따로 학원에 다닐 시간도 없이 오후 4시에 하교한다. 아이의 가방에는 책과 공책 대신 상추와 고추가 들어있는 날이 많다.

공부보다는 자연학습을 매일 하고 오는 게 나는 오히려 이곳에서 누릴 수 있는 특권이라고 여긴다. 그런데 2학년이 되면서 구구단도 외워야 하고 받아쓰기 숙제도 생기니 조금씩 몸이 꿈틀거리나 보다. 막내 아들이어서 '오냐오냐', '귀염둥이 막내'로 키우지 않으려고 나는 오히려 신경 쓰며 아이를 대하고 있다. '어떻게 키우지'라는 고민보다 '이 아이는 어떤 아이일까'를 관찰하고 탐구하는 마음으로 지켜보고 있다. 셋째가 아들임을 확인하고 출산하기 전까지 주변에서 거침없는 행동과 에너지로 엄마의 진땀을 빼는 남자아이들을 보며 마음속으로 각오도 했다. 다행히 우리 아이는 누나들보다 더 조심스럽고 마음이 여린 아들이라서 아직까지는 체력, 심리적으로 진땀을 빼진 않았다. 물론 앞으로 사춘기를 심하게 겪을지도 모르고 어떤 소년으로, 남자로 자라게 될지 다른 성별을 가진 엄마 입장에서 구체적으로 가늠하기 어렵지만 요즘 말하는 '에겐남'이 되지 않을까 예상하고 있다.

공룡이나 자동차를 좋아하는 주변의 남자아이들과 달리

작은 곤충과 반짝이는 보석을 좋아하는 아들은 어린이집에서도 놀이터에서 야외놀이를 하는 동안 열심히 뛰노는 아이들 뒤로 나무 아래 벤치에 누워 주운 나뭇잎을 유심히 들여다보는 아이였다. 나중에 알았지만 시력이 약해서 멀리 있는 큰 것을 보기보다 작고 가까이서 보는 것이 편했던 이유도 있었다. 책을 볼 때도 그림을 자세히 보는 것이 마치 빼곡한 글자를 해석하듯 세상 진지해 보여서 웃음이 난다. 누나들은 각자 방이 있어서 자기만의 공간에 경계를 그어 놓았지만 자기만의 공간이 없는 막내는 거실 한쪽 구석에 차곡차곡 레고를 만들어 쌓아두었다. 각종 상상력으로 만들어낸 작은 레고 나라는 아이의 설명을 듣지 않으면 무엇인지 알 수가 없을 정도로 상징적이다. 제작자의 설명을 듣고 나서야 정말 그렇구나 싶어 놀랍다. 누나들은 언제나 말이 재빠르고 야무지게 척척이지만 느릿느릿한 아들은 우리의 긴 수다를 잠자코 듣는 시간이 더 많다. 어느 날은 누나들의 말다툼을 곁에서 한참 들은 후에 나직한 목소리로 '서로 역지사지를 해야지' 하며 지나가는 노인처럼 한마디 건네는 걸 보고 '어쩌면 저 녀석 누구보다 우리를 자세히 관찰하고 파악했을지 몰라'라며 놀라기도 했다.

　　한 살 위 둘째 누나와 투닥거리다가 누나가 조금만 매섭게 말을 해도 눈물을 글썽이곤 해서 어른들로부터 '남자답지 못하다'는 말을 들을 때가 있다. 남자답다는 건 그럴 때 주먹을 휘두르고 큰소리를 내야 하는 것일까. 눈물을 꾹 참고 굳은

표정을 지어야 하는 것일까. 나는 울음을 참으려고 하지만
눈물이 가득 고인 아이에게 다가가 가슴에 손을 대본다. 아이의
심장이 마구 뛰고 있다. 그리고 귓가에 대고 말한다.

　　화가 나고 답답할 때 주먹을 쥐고 치는 것보다 눈물이 먼저
　　나오는 건 더 좋은 거라고 엄마는 생각해. 눈물이 안 나올 때까지
　　다 울고 나서 엄마랑 속상한 거 같이 이야기해 보자. 울면서
　　말하면 엄마가 다 이해하기 어려우니까. 눈물이 그치면 말해줘.

　　나는 어릴 적부터 '예쁘고 착한 딸'로 칭찬받으며 자라왔다.
10대까지 '착하고 이쁜 여자 아이답게'라는 수식어에 걸맞게,
2-30대는 '곱고 참한 아가씨'로, 결혼을 하자 '현명하고 따뜻한
엄마'로 말이다. 하지만 그 아름다운 수식어가 나를 길들이고
가두고 있다는 것을 뒤늦게 깨달았다. 그 단순하고 좁은 틀
안에 욱여넣지 못한 '나'는 잘라 내거나 잘려나갔다. 작은 유리
구두에 발이 맞지 않아서 발가락을 자르고 마는 신데렐라 속
언니들의 처지와 다를 게 없었다. 왕자와 결혼하여 왕비가 되려면
새끼발가락 하나쯤 자르면 어때. 하지만 그건 그녀들의 자발적인
선택이 아니라 옆에서 부추기는 계모의 의지였다.
　　사내아이처럼 뛰어놀고 당돌하게 따지는 딸. 계집아이처럼
작고 반짝이는 것들을 모으고 기뻐하는 아들. 자녀를 위해
헌신적인 삶을 사는 엄마가 아니라 여전히 자신의 꿈이 무언지

찾느라 매일 애쓰는 엄마. 아이를 재우고 새벽까지 책을 읽다 늦잠을 자는 엄마의 생활 습관을 나는 아이들에게 이해시켜야만 했다. 엄마는 '부엉이 엄마'라서 너희들이 잘 때 아무도 무서운 꿈을 꾸지 않도록 지키느라 옆에서 책을 읽으며 아주 늦게 잠이 든다고. 그래서 아침에 못 일어나는 거니까 등교 준비는 스스로 해야 한다고. 부엉이 엄마에게도 원칙이 있다. 아침밥은 꼭 챙겨 먹지 않아도 문제 없지만 저녁은 TV나 휴대폰을 보지 않고 마주보며 다정한 식사를 해야 한다. 자기 전에는 늘 작은 이야기—고백, 하소연, 수수께끼 등— 하나씩 꺼내 놓고서 잠들어야 한다.

허술하고 나른하고 완벽하지 않은 엄마이지만 그런 자책감에 무너지지 않으면 엄마도 아이도 행복할 수 있다. 아이들이 언젠가 이 작은 둥지를 벗어나 자기들의 둥지를 만들어나갈 때쯤 이날들의 풍경과 나눈 이야기가 작지만 튼튼한 가지가 될 것이다. 오늘도 부엉이 엄마는 늦잠을 자고 일어나 대충 집을 정리해두고 이렇게 읽고 쓴다. 식탁에는 아침에 아이들이 스스로 챙겨 먹고 나간 시리얼 몇 조각이 떨어져 있다. 오늘 저녁엔 고사리 나물을 볶고 콩나물국을 끓여야겠어. 자기 전에는 둘째 딸 아이의 '썸남'이 오늘은 어떤 신호를 보냈는지 들어 봐야지.

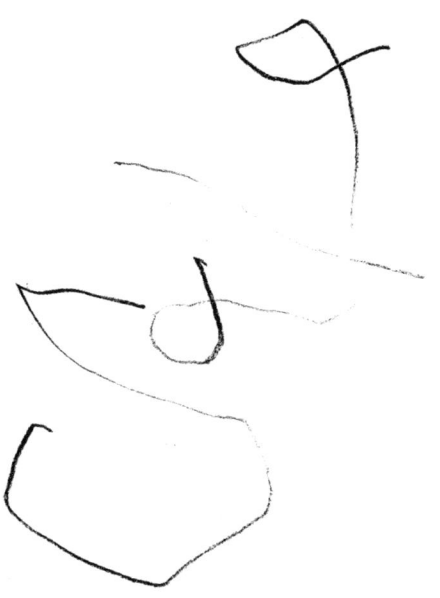

02

반짝이지 않는 크리스마스

가사의 뜻을 알 수는 없지만, 나이 지긋한 브라질의 남자 가수는 자상하고 사려 깊은 목소리로 흥얼거린다. 창밖에 12월의 바람은 빙수 가루가 날리듯 거세게 불지만, 거실 온도는 손을 데우기 좋은 우유처럼 따뜻하다. 겨울을 녹이는 방법은 여러 가지가 있다. 실내에 낮게 깔리는 재즈라든가, 천천히 녹는 향초, 붉은 체크무늬 담요, 입술이 닿는 부분이 두툼한 머그잔, 거기에 담긴 시나몬 향이 진한 달콤한 차, 반으로 잘라 먹은 비염약. 그리고 가와바타 야스나리가 쓴 『설국』 읽기.

일곱 살 막내의 감기가 낫는 듯싶더니 이어서 여덟 살 둘째가 바로 열이 펄펄 끓는다. 주말 아침은 그렇게 잠에서 깨어났다. 부스스한 얼굴을 비비고 얼른 수건을 적셔 아이의 얼굴에 올렸다. 작은 얼굴이 발갛게 익은 작은 열매 같다. 늘 호기심 가득한 눈빛으로 동그랗게 뜨던 눈을 힘없이 반쯤 감고 색색거리는 걸 보니 오늘은 꼬박 아이의 열을 잡기 위해 달려야겠구나 싶다. 전복죽을 주문하고 약을 챙겨 먹이고 수시로 물을 묻혀 닦이는데 아이의 표정이 묘하다. 만족스럽다는 듯. 씩 웃는다. 엄마가 언니와 동생이 아닌 자기 옆에서 꼭 붙어있는 게 좋은가보다. 둘째는 그렇다. 가운데 끼어있는 존재가 느끼는 긴장감, 서러움. 그래서 더 챙겨줘야지 하면서도 가장 야무지고 이해가 빠른 둘째에게 엄마 손이 가장 덜 간다. 이 와중에 슬며시 미소 짓는 둘째의 표정은 오늘은 내가 엄마를 차지했다는 승리감과 동생과 언니를 약 올리는 마음이 담겨있다는 걸 나는 알 수 있다.

　바쁘고 정신없이 지내다가 이렇게 감기라도 걸리면 그나마 일시 멈춤. 너에게 집중을 할 수 있으니 이게 다행인 건지, 안타까운 건지. 그렇게 귓불에 난 솜털도 쓰다듬어보고, 약 기운에 얕게 잠든 눈꺼풀도 지켜보다 보니 벌써 12시가 넘었다. 얼른 따뜻한 죽을 먹이고 점심 약을 먹여야지 하고 일어나는데 이번엔 내 몸이 이상하다. 등줄기부터 손가락 마디까지 서늘하게 쑤셔오는 통증이 느껴진다. 나도? 이게 코로나인지, 독감인지 모르겠으나. 아이들과 같은 증상인 것 같다. 그럴 만도 하지, 지난주까지 감기 걸린 막내를 보살핀다고 손발을 주무르며 이마를 쓸어주느라 더 가까이 지냈으니 옮은 건 너무나 자연스러운 일이다. 얼른 부엌 약통에서 감기몸살 약을 꺼내 삼킨다. 30분쯤 지나자, 정신도 근육도 나른해져 둘째 옆에 누웠다. 읽다 만 책들과 노트북을 켜둔 채 류이치 사카모토의 '메리 크리스마스'를 무한 반복으로 들으며 나른한 약의 꿈속으로 빠져든다. 아이의 뜨거운 손가락을 쥐고 나의 으실거리는 몸을 달랜다.

　눈이 펑펑 내리는 창가를 바라본다. 내 몸은 따뜻한 욕조 속에 있고 주변엔 진한 나무색의 오래된 가구가 있다. 거실에 커다란 욕조가 있는 방이다. 누군가 욕조 옆에서 나를 지켜본다. 의자에 기대어 편한 자세로 앉은 그 사람은 나를 보는 건지, 내가 들어있는 풍경을 보는 건지 알 수 없다. 아주 먼

곳을 바라보는 눈빛으로. 내 시선은 창밖을 향하고 있으나 그 사람의 시선을 온몸으로 느끼고 있다. 시선은 내 어깨를 따라 미끄러지고 비누 거품처럼 물의 표면에 떠 있다. 그리고 우린 다시 눈이 내리는 소리를 듣는다. 한없이 고요하고 평화롭다. 아무 말도 하지 않아서, 그럴 필요도 없어서 좋다. 누구세요. 왜 거기 계세요? 라고 묻지 않는다. 마치 아주 자연스러운 일처럼. 여기가 어디서 광고나 사진으로 본 듯한 스파가 딸린 고급 펜션인지도 모르겠다. 그리고 나를 바라보는 이는 아, 너였구나 했다가 다시 보면 네가 아닌 쟤였고, 또다시 돌아보면 쟤가 아닌 개였다. 어쩌면 한 사람이 아닐지도 모른다. 하지만, 이 모든 것을 뒤로하고 아무 말 없이 눈이 내리는 소리를 들을 수 있다는 것, 그것만으로 충분하다.

조금씩 욕조의 물이 뜨거워진다. 어디에 온도조절 버튼이 있는지 찾을 수가 없어서 당황하다 결국은 이불을 걷어차 버리고 꿈에서 나왔다. 끙, 하고 숨을 내뱉자 입에서 약 냄새가 풍긴다. 시계를 보니 오후 2시가 조금 넘었다. 아이 옆에서 1시간을 잠들었다. 젖은 손수건이 어깨 옆에 떨어져 있다. 아이의 이마를 만져보니 열도 많이 내렸다. 아직 꿈속의 시선이 내 몸에 머물러 있는 건지 피부가 화끈거린다. 이불 밖으로 살짝 나온 아이의 발가락을 쓰다듬으며 창밖을 본다. 곧 눈이 내릴 것 같다.

그러고 보니 크리스마스가 얼마 남지 않았다. 지난 크리스마스 에는 아이들에게 줄 선물을 준비하지 않았다.

이번에 무슨 선물을 받을까 하며 기대에 차서 이야기 나누는 아이들에게 나는 색다른 제안을 했다.

올해는 우리나라 이곳저곳에서 여러 가지 아픈 사건들이 있었어. 어떤 아이가 부모에게 맞아서 도망치고 경찰이 구해준 일도 있었고. 엄마 생각에 산타할아버지가 그런 아이들에게 찾아가서 더 많은 선물과 위로를 해줄 것 같은데. 그러니까 이번 크리스마스에는 우리가 산타를 기다리지 말고, 산타가 되어서 선물을 주는 게 어떨까. 쓸쓸하고 슬픈 크리스마스를 보내는 사람들을 생각해서 우리도 조금 조용하고 조심스러운 날을 보내는 것도 좋을 것 같고.

아이들은 금세 누군가의 슬픈 크리스마스를 상상하며 선물에 대한 설렘은 순식간에 바람 빠진 풍선처럼 가라앉았다. 드디어 25일. 우리는 아침에 일어나 옷을 두툼하게 껴입고 동네 빵집에서 작은 케이크를 샀다. 휴일에도 모락모락 만두를 찌는 가게에 들어가 따뜻한 만두를 포장했다. 그리고 한창 공사 중인 교회로 향했다. 작업하시는 분들과 돕는 분들에게 간식을 전달했다. 우리만의 산타 놀이였다. 오후에는 공원으로 달려가 볼이 빨개지도록 뛰어놀고 따뜻한 코코아를 마셨다.

내가 열 살이 되던 크리스마스 날이 기억난다. 24일 밤이 되자 산타가 올 거라 기대하며 눈을 감고 자는 척을 하는데 거실에서 부스럭거리는 소리가 들렸다. 나는 산타할아버지가 다녀갔다고 생각하고 잠시 후 눈을 비비고 거실로 나갔다. 식탁 위에는 도톰한 선물이 놓여있었다. 설레는 마음으로 반짝이는 은색 포장을 뜯었는데 내용을 확인하는 순간 실망과 함께 충격을 받았다. 안에 들어있던 건 내가 매일 쓰던 털장갑이었기 때문이다. 누군가에게 놀림을 받는 기분이었다. 산타할아버지가 나는 착하게 살지 않았다고 이런 식으로 골탕 먹이나 싶어 어이가 없고 화도 났지만 생각해 보니 내 맘대로 두 살 아래 동생을 부려먹고 매일 학교에서 오자마자 가방을 내팽개치고 슈퍼마리오 게임만 실컷 했던 게 떠올랐다. 조용히 이불 속으로 들어가서 화끈거리는 얼굴을 베개에 묻었다. 쓰던 장갑을 선물로 받았다는 게 착한 아이로 인정받지 못한 것 같아서 부끄러운 마음으로 그날의 이상하고 황당한 기억을 혼자 품었다. 성인이 되고 나서야 혹시 선물을 준비 못 한 부모님이 다급하게 포장을 해 놓은 게 아닐까 싶어 여쭤봤지만 두 분 다 그런 일은 없었다고 하셨다. 그렇다면 정말 이런 선물을 주는 산타가 있다고? 어쩌면 그날 밤 선물은 나의 꿈이었을까.

이번엔 우리 아이들에게 내가 받았던 그날의 이상한 크리스마스 선물을 재연해 보는 건 어떨까. 낡은 선물, 이미 가지고 있던 물건을 선물로 받았을 때 당황스럽겠지만 스스로 한 해를 돌아보면서 알게 되는 것이 있지는 않을까. 선물을 받았으니 착한 아이가 아닌 건 아니지만 쓰던 걸 다시 받았으니, 무언가 2% 부족한 게 있을지 모른다고 스스로 고민하게 될 것이다. '울면 안 돼, 울면 안 돼, 산타할아버지는 우는 아이에게 선물을 안 주신대~' 오래전부터 산타할아버지는 우는 아이에게 선물을 주지 않는다고 했지만 '울지 않는 아이'는 울지 '못하는' 아이, 어른의 무게를 일찌감치 감당해야 하는 아이들이다. 그렇게 자라서 울지 못하는 어른이 되면 어딘가 어두운 곳에서 혼자 눈물을 훔치거나 뒤틀린 방식으로 슬픔을 표현하게 된다. 오히려 우는 아이에게 주는 선물이 경쾌한 멜로디가 나오는 장난감, 반짝이는 것들이라면 울지 않는 아이들에게 주는 선물은 좀 더 특별해야 하지 않을까. 울지 못했던 아이가 자라서 우는 법을 모르는 어른이 되었다면 이들에게만 선물을 주는 산타 할아버지도 분명 있을 것 같다. 그리고 나는 이미 그런 선물을 받았다.

산타 놀이를 하고 집에 돌아와 밤이 되자 아이들 각자 오늘 하루의 뿌듯함을 나누며 함께 누웠다. 막내가 물었다.

엄마는 산타할아버지한테 선물 받았어요?

그럼 나는 엄청 크 - 은거 받았지.

정말? 뭔데요?

음, 반짝거리고 엄청 큰 보석이라 너희가 알면 부러울 텐데.

그게 말이지.

바로 너, 너, 너. 그것도 세 개나!

아이들의 입꼬리가 흰 돌고래 입처럼 씨익 올라갔다. 소리 나지 않는 웃음이 크리스마스 트리에 달린 노란 전구처럼 은은하게 번진다.

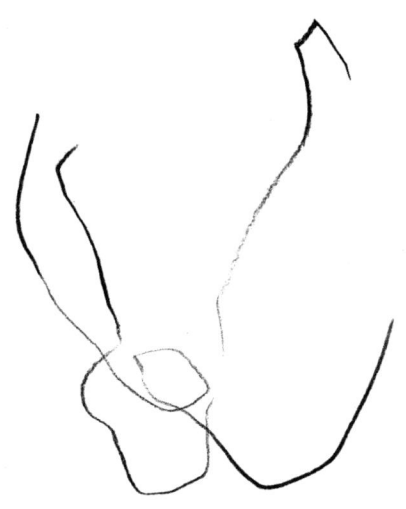

03

다행이야, 근죽보다는 천천히 할머니가 되어서

어릴 때 스케치북에 엄마 아빠의 얼굴을 종종 그렸다. 뭉툭한 크레파스로 그려진 엄마 아빠의 눈 코 입은 두꺼운 테두리로 선명하게 그렸다. 어느덧 내가 그때 그렸던 엄마의 나이가 되고 엄마는 70에 향하는 할머니가 되었다. 매일 풍성하게 드라이로 머리를 부풀리고 차분한 옷차림에 심플한 악세사리로 꾸미시는 엄마는 나이가 들어 손주들과 함께 있어도 할머니라는 단어가 어울리지 않았다. 몇 해 전까진.

딱히 지병이 있거나 아픈 곳은 없지만, 나이가 들며 조금씩 변하는 엄마의 모습이 어느 날부터 무척 낯설었다. 그 낯섦은 약해진다는 서글픔이고 사라진다는 두려움이다. 오늘 함께 산책하며 멀리서 본 엄마 모습은 크레파스가 아닌 수채화로 그린 얼굴이다. 어릴 때 그렸던, 삐뚤해도 선명했던 엄마가 아니라 묽은 수채화로 희미해진 엄마가 저 앞에 서 있다. 눈이 급속하게 나빠지신 뒤로 엄마의 흐릿해진 초점은 조심스럽고 느린 행동으로 나타났다. 큰애가 3살 때까지만 해도 부지런히 생선 가시를 발라서 먹여주시던 엄마는 언제부터인가 아이들이 '할머니 여기 큰 가시 나왔어~'라고 입에서 뱉어내자 생선을 굽지 않으셨다. 난 이 짧은 시간의 무게도 버티기 힘들어 잠시 다리가 후들거리고 만다.

아이는 자라면서 세상을 인지하고 자기의 세계를 표현하게 된다. 언어로 표현하는 순간 아이는 표현하지 못한 자아와 표현함으로써 타인의 반응을 알아차리는 자아로 분리된다.

이중성이 시작되는 것이다. 그래서 인간은 언어로 분명하게
표현하려 하면 할수록 더욱 자기 이중성이 깊어져 간다. 오늘 밤,
손주의 생일파티를 위해 5시간이 걸려 버스를 타고 우리 집에
내려온 엄마와 나, 그리고 이제 막 다섯 살이 된 아이가 침대에
나란히 누웠다.

난 어른이 되기 싫어.
왜?
그럼 엄마가 할머니가 되잖아.
걱정하지 마. 난 할머니가 되어도 언제나 네 옆에서 널
응원하고 네 편이 되어 줄 거야.

아이 쪽으로 몸을 돌리며 그렇게 말하는 내 목이
뜨거워진다. 등 뒤에서 할머니가 되어 웅크리고 누워있는
엄마의 옅은 숨소리가 들린다. 사라지는 것으로, 약해지는
것으로 흐르는 시간의 방향을 부정할 수 없다. 아이가 글썽이며
내 목을 끌어안는다. 내가 할머니가 된다는 사실이 그렇게나
슬픈지 울먹이면서 나를 토닥인다. 그 작은 손. 우리는 서로의
등 뒤로 파닥거리는 날갯짓을 본다. 잠든 엄마의 등을 슬며시
쓸어본다. 내가 결혼 한 뒤 엄마는 나의 어릴 적을 그리워하며
종종 슬퍼했다. 깨물어주고 싶을 만큼 사랑스러웠던 그때의
내 사진을 식탁 유리 아래 끼워두고 혼자 밥을 챙겨 드실 때마다

그릇 사이로 나를 내려다보신다.

　아마 아이는 이 순간을 금세 잊을 것이다. 오히려 나는 이
시간을 두고두고 떠올리겠지. 그 사실을 예감하며 뜨거운 무엇을
삼켰다. 끅 하고 삼키는 내 소리를 들었는지 아이는 내 눈가에
손을 대고 닦아준다. 그리고 갑자기 다른 질문을 한다.

　　그런데 곤충 벌레도 다 할머니가 되는 거야?
　　그럼, 오히려 우리보다 더 빨리 할머니가 돼. 곤충의
　　시간은 빠르거든.

　아이는 조금 안심하는 것 같다. 우리의 시간이 곤충보다
천천히 흐른다는 사실에.

　　아, 그런데 있잖아. 트리갭의 샘물이 있는데 그걸 마시면
　　어른도 되지 않고 할머니도 되지 않고 지금에서 그대로
　　멈추고 영원히 살 수 있대.

　나는 문득 전에 큰 아이와 읽었던 『트리갭의 샘물』이란 책이
떠올랐다. 숲속에 있는 신기한 샘물을 마신 부부가 영원히 늙지
않고 살아가지만 소중한 이들이 모두 늙고 떠나가는 것을 오래
지켜보면서 '늙지 않음'을 다시 생각해 보게 하는 이야기. 잠이
들려 했던 아이는 다시 눈이 똥그래지고 그 샘물이 어디 있냐고

물었다. 나는 우리 동네에는 없는 것 같다고 엄마도 아직 본적이
없다고 말하며 아이를 재웠다. 아쉬워하는 아이는 엄마랑 그
샘물을 마시고 싶다며 입맛을 다시고 졸음을 못 이긴 듯, 아니면
꿈에서 그 샘을 찾아가려는 듯 어느새 잠이 들었다.

　　이불을 덮어주고 슬며시 거실로 나와 우리의 대화를
기록한다. 30년 후에도 우리가 오늘처럼 같이 대화를 나눌 수
있다면 그때 나는 이 기억을 꺼내면서 너에게 묻고 싶다. 넌
여전히 천천히 흐르는 시간이 반가운지, 그날 엄마를 토닥였던
네 손을 기억하는지, 어른이 된 너는 다시 그때로 돌아가고
싶은지. 나도 트리갭의 샘물을 발견한다면 당장 엄마에게 한
잔 떠드려야지. 조금 더 천천히 희미해지시라고 붙잡아야지.
할머니와 아이의 잠든 숨소리로 깊어가는 밤에 나는 사라져가는
것을 어떻게 기억하고 지켜야 하는지 고민하며 샘물처럼 고여
있는 지금을 물끄러미 바라본다.

04

사각사각

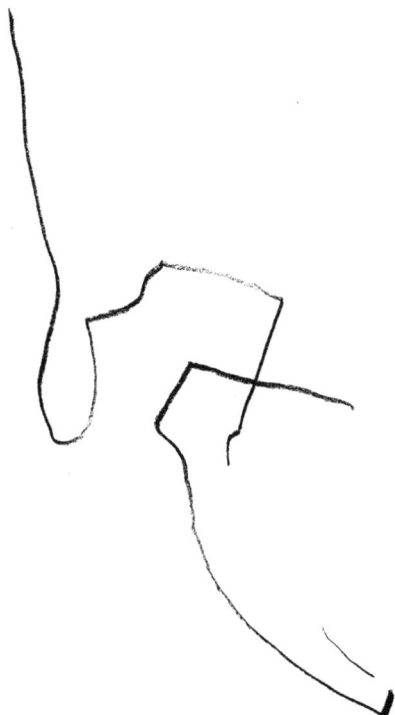

아이들 모두 서둘러 나가고 홀로 남은 집에서 이불을 정리한다. 밤새 무슨 꿈을 꾼 걸까. 이토록 격렬한 몸부림의 흔적. 침대 위에 말려있는 가지각색의 이불과 그사이에 굴러다니는 인형들. 아이와 함께 뒹굴고 밤새 꿈꾼 자리를 바로 정리하기에 아까워 잠시 감상을 한다. 요리조리 이불의 꼬인 모양과 인형의 위치를 보면서 녀석들은 역시 꿈에서도 하늘을 날았겠구나 싶다. 모두 집을 나간 뒷자리를 정리하는 일이 체크아웃을 하고 난 뒤 청소하는 숙박업소 직원 같다. 어느새 13년 차. 능숙하게 이불을 직사각형 모양으로 접고 베개를 포개고 마지막으로 굴러다니는 인형을 쌓아 올린다. 토끼 두 마리와 곰돌이 한 마리 새 인형까지 나란히 눕혀 이불을 덮어준다. 너희들은 이제야 잘 시간이지. 밤새 수고했어. 토닥토닥.

아침 8시 반 만 되어도 집 앞 주차장에는 대부분의 차가 빠져나가고 한두 대만 남아있다. 문득 학교 다닐 때 배가 아파서 조퇴하고 혼자 교문 밖에 나와 있던 기분. 그때 집으로 돌아가는 거리에서 평일 오전 시간의 학교 밖 풍경을 보며 낯설고 새로워 설레었던 기억이 난다. 배가 아프다는 걸 잠시 잊을 만큼. 학교 안에 들어가 있는 동안 다들 밖에서는 이렇게 살아가고 있었구나. 뭔가 알 수 없는 질투도 났다. 학교에 있는 6시간 동안 우리가 모르는 일들을 벌이고 있다는 생각에 뭔가 찜찜했다.

대학 졸업 후 얼마간의 짧은 직장 생활을 하다 결혼해서 바로 아이를 낳고 키우며 가정주부로 살고 있다. 아이들이 모두

취학하기 전까지 거의 10여 년을 집 안에서 주어진 시간을
보내는 삶이다. 특히나 아이들이 어릴 때 저녁 시간은 변함없이
집에 있는 시간이다. 마치 학생들이 학교에 들어가 있어야
하는 시간처럼. 언젠가 처음으로 아이들을 남편에게 맡기고
동네 언니들과 고깃집에서 저녁을 먹던 날. 혼자 밖에 나와
있는 저녁 풍경이 얼마나 낯설고 어색했는지 지금도 생생하다.
정해진 시간에 정해진 위치에 있는 게 당연하다고 여겨질 때
나는 엉뚱한 시간에 낯선 곳에 있고 싶은 이탈을 상상했다. 세
아이를 낳고서도 '엄마'라는 단어가 내 몸에 잘 맞지 않는 옷처럼
불편하고 어색했기 때문일까.

　　반대로 모두가 밖에 나간 오전 시간에 혼자 집에 있는
주부의 자리 또한 어색하고 모두가 그렇게 부지런 떨며 밖으로
나가는 사회 모습이 수상쩍다. 정작 학교 다닐 때는 야자도 한번
빼먹지 않고 성실하게 졸업한 '범생이'였지만 배꼽 위로 떠오르는
얼마나 많은 물음표를 누르고 있었는지 모르겠다. 여전히 그
물음표가 떠오를 땐 아침부터 아이들의 결석을 충동적으로
부추기는 날이 있다. 따뜻한 아침 햇살 취하면 아이들을 깨우다
다시 이불을 덮어주며 등을 토닥이는 것이다. 그리고 나른한
목소리로 말한다. '오늘은 학교 가지 말고 엄마랑 데이트할까.
응? 산책도 하고 카페 가서 책도 읽자. 아이스크림도 사줄게'
실은 이런 식으로 몇 번을 학교에 가지 않았는데 아이 스스로
다음날 학교에 가면 특별한 결석 사유를 대지 못해서 어색했는지

이제 함부로 엄마의 꼬임에 넘어오지 않는다. 평일에는 모든 아이들처럼 반드시 학교에 가야 한다는 규칙이 새겨진 것 같다. 사회생활, 단체생활에 이렇게 길들여지고 있다. 아쉽다.

나는 누구보다 사회 제도에 잘 맞추어 시기적절하게 순순히 따라온 사람이지만 정작 아이들에게는 조금 비뚤어지기를, 제도에서 벗어나 보기를, 내가 하지 못한 모험을 해보기를 바라고 있다. 잘 길들여지고 세상이 정해 준 안정적인 삶을 쫓아온 사람에게는 주어진 꿈이 아니라 자신의 꿈을 찾을 기회가 없다는 걸 뒤늦게 알았기 때문이다. 하지만 막상 아이들이 내 권유에 따라 제도 밖을 벗어나는 삶을 살아갈 때 그 삶이 주는 불안과 힘겨움을 부모로서 얼마큼 도와주고 지지해 줄 수 있을지는 잘 모르겠다. 어쩌면 나는 꿈꾸는 사람들을 수용할 수 있는 사회를 바라는 건지도 모르겠다. 내가 보았던 꿈꾸는 사람은 배고픔도 외로움도 잊을 만큼 신나게 살고 있다. 네 꿈이 정말 너의 것이라면, 너는 얼마나 신나게 삶을 살아갈 수 있을까.

오후 1시가 되면 나도 집을 나선다. 초등학교의 마지막 수업을 마치는 종이 울리기 전에 '사각사각' 문을 열어야 하기 때문이다. 꿈이 자라는 소리는 분명 사각거릴 거라고. 사과를 먹는 소리 같기도 하지만 어쩌면 쥐가 밤사이 무언가 갉아먹는 소리 같기도 하다. 그렇게 해석한다 해도 밤새 꿈이 자라는 소리와 사각사각은 얼마나 잘 어울리는지. 사각은 생각할 思와

깨달을 覺의 의미로 2017년 만든 나의 꿈과 책 놀이 공간이다. 그곳에 반드시 있어야 할 것은 장르를 넘나드는 책과 신나게 뛰어논 땀 냄새와 '마이쮸'의 달콤한 냄새가 뒤섞인 아이들의 소란함이다. 조용한 독서 교실이 아니라 시끌벅적한 독서 교실이 되길 원했던 건 나의 취향이기도 했지만, 알고 보면 내가 추구하는 삶, 교육 방향과 이어져 있다.

since 2017이라 하기에 아직 10년도 되진 않았지만 'since'라 붙이기 민망하지 않은 시간만큼 최소 10년은 이어가야겠다고 다짐하며 시작했다. 사업장을 등록하고 게시물을 올려두면서 이곳이 사업장이라기보다 나의 비밀스러운 놀이터라고 어쩐지 누군가를 속이는 기분이 들었다. 처음, 이곳을 학원으로 알고 찾아온 다섯 명의 친구들이 있었다. 놀이터를 유지 운용하기 위한 최소비용은 월 25만 원이었으므로 생각보다 넉넉한 수강생이다. 논술학원이라는 예상을 깨는 수업 분위기에 '여기는 들어오면 시간이 금방 지나가는' 신기한 학원이라며 조금씩 소문이 났고, 놀이터는 내가 바라는 대로 좀 더 시끌벅적해졌다.

처음 교실을 마련했던 곳은 좁은 골목길 사이, 아래 한약방이 있는 2층이었다. 노부부가 대를 이어 운영하는 한약방에서는 늘 달콤 쌉싸래한 냄새가 위로 올라왔다. 그래서 아이들은 늘 코를 쥐며 약초 냄새가 난다고 아우성이었는데 나는 그 냄새가 책을 재미있게 만들어주는 마법의 약이라고 둘러대며 오히려 창문을 활짝 열고 쿵쿵거리며 장난을 쳤다. 한약을 지어 먹을 수 없다면 냄새라도 마시고 건강해지자며. 그곳에서 5년 동안 신나게 지내다 2022년 지금의 교실로 옮겼다. 한약 냄새는 맡을 수 없지만 창문으로 하늘이 가득 보이고 2층에 작은 테라스가 있어서 야외수업을 할 수 있는 공간도 있다. '토토로'가 낮잠을 자는 숲처럼 꾸미고 싶어 비슷한 분위기를 만들고 테라스의 문을 활짝 열어 둔다. 바깥을 바라보며 수업을 하면 수업에 집중하지 못한다고 말하지만 나는 집중이 아니라 다른 무언가를 아이들 스스로 발견하기를 기다린다.

어느 날 갑자기 우산을 타고 바람에 날아온 선생님이 커다란 가방에서 램프를 꺼내고 그림 속 세상으로 아이들과 소풍을 떠난다. 웃음 가스를 마시고 공중에 떠서 둥둥 날아다니는 벌을 받기도 한다. 선생님의 마법사 같은 말과 행동은 마력과 같아서 아이들은 선생님에게 즐겁게 복종한다. 그녀 덕분에 웃음을 되찾고 꿈을 꾸게 되는 아이들. 그렇게 시간이 쌓이고 어느 날 다시 수상한 바람이 불면 그녀는 가볍게 인사를 건네고 다시 우산을 타고 떠난다. 뒤도 돌아보지 않고. 그녀의 이름은 메리 포핀스.

초등학교 4학년 때 침대에 엎드려 읽고 상상했던 메리 포핀스의 이미지는 30년이 지나도 잊히지 않는다. 그런 선생님 혹은 어른을 만나고 싶기도 했고 내가 그런 사람이 되고 싶기도 했다. 아이들 다섯 명과 함께 독서 교실을 시작했던 무의식 아래엔 내 꿈을 향한 여정도 흐르고 있었던 것일지도 모른다. 아이들의 눈동자에서 호기심과 미지로 가득 찬 투명한 구슬을 발견하면 나는 자꾸만 아이들이 놀랄만한 것들을 책을 펼쳐 보여주고 싶다. 뻔한 대답이 아니라 생각지도 못했거나 이해할 수 없는 대답으로 아이들의 눈을 더 반짝이게 하고 싶기도 하다. 이렇게 엉뚱한 이야기나 실컷 하는 독서 교실은 다행히 '책'과 '성적 향상'과 '성공'이란 사교육 공식 덕분에 학부모들의 관심을 끌 수 있었다. 하지만 나는 성적이 아니라 책의 마법 같은 순간을 느끼고 책 한 권으로도 이 아름다운 시절을 누리는 아이들이 되길 바랐다.

　　수업하면서 한 번도 '가르친다'는 생각을 하지 않았다. 함께 책을 읽는다, 즐긴다, 대화를 나눈다, 하물며 논술이란 이름으로 글을 쓰는 시간에도 더 나은 글을 위한 피드백보다는 공감하고 질문하는 시간이 길었다. 아이들이 자신의 생각을 마음껏, 자유롭게 표현하고 쓰면서 자신을 발견하고 세계를 이해하기를 바라기 때문이다. 나에게 가르친다는 동사는 돈을 벌기 위해, 노동한다는 의미와는 한참이나 멀다. 시골 아이들과 교실에서 떡을 구워 먹고 노래도 들으며 함께 책을 읽은 시간은 우리가 읽은 책보다 더 높이 쌓이고 있다. 아마 이곳이 도시였다면 더 많은 사교육에 바쁘고 지친 아이들과는 지금처럼 낮잠을 즐기듯 여유롭게 책 읽는 시간을 만들 수 없었을 것이다. 졸업 후 서울 강남 대치동에서 강사로 수업하던 시절, 매주마다 아이들이

배운 것을 학부모에게 뚜렷하게 보여주고 성취도를 증명해야
하는 학원에서는 창문 밖으로 하늘을 내다 볼 틈도 없이 아이들
모두 문제집에 코를 박고 있어야 했다. 얌전히 앉아 하얀 칠판만
쳐다보았던 그 아이들의 눈빛과 이곳에서 만난 아이들의 눈빛은
다르다. 책을 읽으며 몸을 꿈틀거리다 옆에 있는 친구를 보며
키득키득 장난치다가 나에게 엉뚱하고도 중요한 질문—선생님은
서울에서 여기 왜 왔어요? 오늘 점심에 뭐 드셨어요? 사각사각은
왜 만들었어요?—을 던지곤 한다.

교실에서 나의 오후 시간을 지켜주고 함께해 준 친구 중에
이제 대학생이 된 이도 있다. 이제는 책장 맨 위에 꽂아 둔
무라카미 하루키의 『상실의 시대』를, 알랭 드 보통의 『왜 나는
너를 사랑하는가』를 건넬 수 있다. 영화 ‹시네마 천국›에서 아저씨
알프레도가 토토를 위해 따로 편집해서 모아둔 키스 장면처럼
말이다. 입학 상담 전화가 오면 사각논술 독서교육의 효과를
강조하고 설명해야 한다. 하지만 나는 성적, 입시영역의 효과는
장담할 수 없다고—멋쩍고 죄송스럽게—말한다. 어쩌면 효과라는
말도 결실이란 말도 무색하다. 놀이터에서 신나게 놀면 어떤
결과가 나오냐고요? 당연히 얼굴이 좀 까무잡잡해지고 발가락에
모래가 잔뜩 끼겠지요. 신이 나서 얼굴은 발그스레해질 거예요.
엉뚱한 대답에 추천 책 목록을 받고 상담만 한 뒤 등록하지 않는
학부모들도 있다. 하지만 한번 들어오면 쉽게 그만두지 않고
오랫동안 함께 하는 친구들 있어서 든든하다.

'선생님 오늘 글쓰기 주제는 뭐예요?'

'오늘 학교에서 속상한 일이 있었어요. 그거 쓰고 싶어요.'

'저는 아무것도 하기 싫어요. 학원 숙제도 많고'

'배고파요. 선생님. 삼겹살이랑 김치랑 구워 먹고 싶어요'

배고픈 아이, 속상한 아이, 지친 아이 나는 모두의 이야기를 듣고 나누고 싶다. 그렇다면 오늘은 먼저 10분 동안 멍 때리고 나서 그동안 내 머릿속에 들어온 생각을 원고지 200자로 써보자. 잔잔한 피아노곡을 틀자 모두가 눈을 감는다.

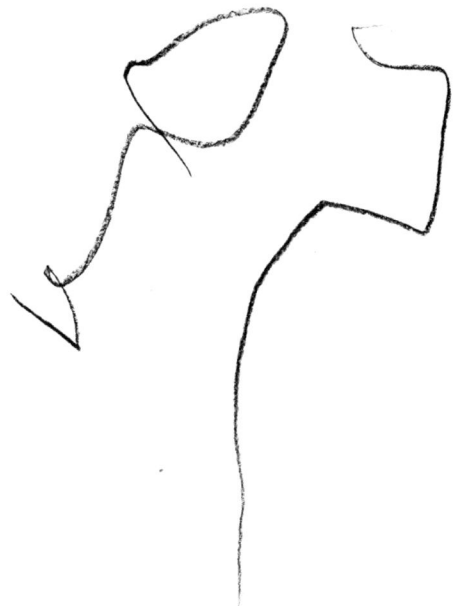

05

중1 수학 성적이 의미하는 것

중1이 된 딸의 얼굴이 울긋불긋하다. 그러니까 정확히 방문을 닫고 들어가서 몇 시간 동안 나오지 않는 시기로부터 3달 후 여드름 꽃이 피기 시작한 것이다. 동생들과 여전히 방방 뛰며 놀다가도 엄마의 옷장을 열어서 마음에 드는 옷을 꺼내 거울에 비춰보기도 하고 놀아달라는 동생들에게 갑자기 싸늘하게 돌아서서 귀에 이어폰을 꽂고 다른 세상으로 접속한다. 이런 일들은 앞뒤 맥락과 상관없이 늘 급작스럽게 일어나곤 해서 아직 초등 저학년인 동생들이 보기에 '이상해'진 언니누나로 보일 뿐이다. 내 성격을 알고, 딸의 성격을 짐작하는 지인들은 아이가 중학교 입학하기 전부터 기숙사 학교를 보내라고 조언했다. 조언이라 하기엔 확신에 찬 예측과 설득이었다. 큰딸이 엄마와 얼마나 진득한 애증의 관계를 맺는지, 동생이 둘이나 있는 큰 아이의 심리적 부담감이 얼마나 큰지, 사춘기 자녀와 부모의 거리두기가 얼마나 안정적인지 등등이 기숙사를 보내야 하는 충분한 근거였다.

6학년 12월부터 기숙사 학교에 가기 위한 준비가 시작되었다. 집에서 40분 떨어진 기숙사 학교는 일반 중학교와 분위기가 다르다고 했다. 성적으로 반과 방 배정을 나눈다는 것이다. 우리 아이는 초등학교 6년 동안 공부하는 학원에 다닌 적이 없고 집에서 따로 문제집을 푼 적도 없다. 한마디로 공부 습관, 성적 향상이 무언지 모르는 것이다. 물론 나는 앉아서 문제집을 푸는 것을 공부의 전부라 생각하지 않기 때문에 시골에 살면서 더

많은 공부를 했다고 믿는다. 때론 그 믿음이 도시 부모들의
열정적이고 전문적인 교육열을 보면 살짝 휘청이기도 한다.
영어 수학이 아닌 공부를 진짜 공부라고 여기며 다른 환경을
제공했다. 엄마가 없을 때 동생들에게 어떤 점심을 차려줄
것인가. 동생 둘이 싸울 때 어떻게 중재할 것인가. 세 아이 돌보며
지친 엄마가 큰 아이에게 느닷없이 화를 낼 때 어떤 자세를
취할 것인가. 사소하면서도 반복적인 갈등을 해결해야 하는
경험을 마주하고 스트레스를 받아보는 것도 필수 교육이 아닌가.
지인들은 내가 무얼 믿고 저렇게 공부를 시키지 않는가에 대해
고개를 갸우뚱하며 좋은 학원 정보를 건네곤 했다. 그런데
기숙사 학교를 보내기 위해서 이제는 초등학교 과정을 한번
정리할 때가 온 것이다.

입학 전까지 두 달을 거실 책상에 함께 앉아 교과 공부를
했다. 남들은 예비 중학생으로 선행 진도를 나갈 때 우리는
6학년 공부를 정리하면서 때론 4, 5학년 책을 다시 펼쳐보기도
했다. 부모가 자식 공부를 가르칠 때, 중이 제 머리는 못
깎는다는 말처럼 모두가 염려하는 그런 상황은 놀랍게도
벌어지지 않았다. 어떻게 그럴 수 있었을까. 부모가 자녀를
붙잡고 가르치다가 감정이 격해지는 이유는 부모가 자녀의
객관적인 수준을 이해하지 못하고 있기 때문이다. '이것도 모른단
말이야'라는 생각. 기대와 현실의 격차에서 오는 당혹스러움,
배신감. 6학년 수학은 분모의 계산이 가능해야 하고 비례도

이해하고 있어야 한다. 우리 앞에는 분수 계산식이 놓여있고 아이는 다른 행성의 암호를 보듯 멀뚱히 쳐다만 보고 있다. 성실히 복습한 적 없는 아이는 분수 개념부터 흔들리고 있었다. 미치겠... 아니, 그래. 분수는 지금 다시 새롭게 알아보자. 4학년 때 처음 분수를 정의한 그 문장부터 그대로 희미해진 과거를 떠올리며 설명한다. 답답한 마음보다는 그때 미리 학교에서 배우고 온 낯선 개념을, 분수라는 세계를 어떻게 느꼈는지 저녁 시간에 묻지 못한 내 게으름을 뉘우친다.

답답한 내 마음을 가라앉히기 위해 초콜릿 아이스크림을 한 통 꺼내 사이좋게 먹으면서, 처음부터 새롭게 시작할 수 있어야 한다. 그렇게 하지 못하는 이유는 조급함 때문이다. 하지만 조금만 생각해 보면 다시 처음으로 돌아가 공부하는 것은 이제야 '제대로' 한다는 의미다. 졸업 후에 사회에서 겪은 수많은 시행착오를 떠올려보면 다시 뒤를 돌아 시작할 수 있다는 것은 얼마나 큰 행운이고 다행인가. 나는 다시 전공을 바꾸기 위해 학교로 돌아갈 수 없고 결혼 전으로도 돌아갈 수 없는데! 딸아이와 나는 비교적 평화롭게 엄마표 공부시간을 보내고 드디어 3월 입학시험을 치렀다. 그런데 기대하지도 않았는데 처음 공부해 본 것 치고는 의외의 높은 성적이 나왔다. 성적순으로 배정받은 아이의 기숙사 방에 짐을 넣어두며 나는 기쁨을 절제하고 차분한 척했지만, 혹시 아이가 전교 1등도 할 수 있지 않을까? 상상하며 어깨가 으쓱하고 마음이 설레었다.

5개월의 시간이 지나고 중학교 1학년 1학기 첫 성적표가
나왔다. 다른 점수에 비해 눈에 띄게, 아니 눈에 보이지 않을
정도의 낮은 점수. 18.5점 수학 성적이었다. 맙소사. 나를
롤러코스터 태우는 너. 절대 꺄악 소리 지르지 않으려고 이를
악무는 나. 학교 수업은 당연히 선행학습을 한 아이들을 위주로
수업이 진행되고 있었다. 중학교 수학을 전혀 모르고 들어간
아이는 난생처음인 기숙사 생활 적응과 선후배, 친구 관계를
공부하느라 더더욱 수학의 세계를 이해하지 못하고 있었다.
어쩌면 당연한 결과라는 생각에 놀랄 일도 아니었다. 여름방학,
우리는 식탁에 앉아 진지하고 심각하게 이야기를 나눈다.

　　세상엔 정말 다양한 직업이 있고 아직 엄마가 모르는 일들도
정말 많아. 그래서 나는 네가 어떤 꿈을 가지고 네가 하고 싶은
일을 하며 살게 될지 궁금하고 설레기도 해. 성적 때문에
실패감을 느낄 필요는 전혀 없어. 왜냐하면 이 성적은...18점.
너무나 당연한 거지. 네가 그 점수만큼 노력했다는 거니까.
지금, 이 성적을 받고 너에게 필요한 건 오히려 미래를
상상하는 시간, 능력이 아닐까. 넌 10년 후, 20년 후의 너를
상상할 수 있니? 생각지 못한 직업을 떠올려봐. 어른들의
세계에 귀를 기울여 보고 관찰해. 네가 그리는 모습을
선명하게 볼 수 있다면 18점은 아예 상관이 없거나 혹은
얼마든지 98점도 될 수 있어.

18점이란 숫자에 태연한 엄마를 보고 더 불안해하는 건 아이였다. 우리 엄마. 정말 내 성적에 별로 신경 쓰지 않나 봐. 더군다나 알 수도 없는 미래를 마음대로 상상하라고만 하고. 안 되겠다. 내가 알아서 해야지. 이러다간 아무도 내 성적을 책임져줄 사람이 없어. 아이는 충격을 받은 듯, 안 받은 듯 협박인지 위로인지 아리송한 얼굴로 방에 들어간다. 그리고 공부 잘하는 언니 오빠들의 공부법을 찾아 노트에 받아 적고 조금씩 흉내 내 본다. 아마 아이의 성적에 휘둘리는 감정을 내보인다면 아이 입장에서 내 성적을 엄마가 책임져줄 만큼, 내 미래를 저렇게 걱정하는 만큼 엄마에게 의지하려는 마음이 들 것이다. 아이 돈 케어. 네 성적에 절절매는 만큼 네 인생과 내 인생이 단단하게 엮여있다는 생각, 그런 믿음. 그래서 게을러지기만 하는 마음은 너에게 아무 도움이 되지 않아. 나는 적당한 거리에서 너를 응원해 주는 사람일 뿐. 이제 네가 보낸 자습시간, 수업시간의 결과는 온전히 너의 몫이란다. 엄마는 명랑하게. 쏘 쿨.

첫 성적표가 나오고 담임 선생님과 면담시간. 서로가 민망한 아이의 점수표를 가운데 두고 선생님의 위로가 시작된다. 낮은 수학 점수와 반대로 탁월하게 높은 점수가 나온 것은 교과 성적이 아닌 정서, 심리 점수였다. 담임 선생님께서 별도로 시험 직후에 어느 기관에 유료로 청소년 정서 지능을 테스트했는데 우리 아이가 독보적으로 높게 나온 영역이 '교사 신뢰도'였다.

교사 신뢰도란 단순히 선생님에 대한 믿음이 아니라 어른들의 세계를 바라보는 시각, 어른이 되어가는 성장기의 정서 상태라고 한다. 그러니까 아이는 매우 긍정적으로 어른들의 세상을 바라보며 매우 안정적인 마음이라는 것이다. 가정에서 아이와 얼마큼 소통하는지 알 수 있다고, 얼마나 다정하고 많은 사랑을 받았는지 보인다고 선생님이 말씀하셨다. 아이는 학교생활에서 조용한 리더, 리스너 캐릭터였다. 편 가르기를 하지 않고 나서서 큰소리를 내지 않으면서도 자기 의견을 세울 줄 알고 여러 친구의 속마음을 들어주는 아이였다. 그래서 이 아이는 사실 성적에 큰 충격도 받지 않았고 너무나 여유롭게 학교생활을 즐기고 있었다. 선생님과의 면담은 나에게 위로가 되었다. 즐겁게 중학교 생활을 하면서 조금 더 느긋하게 꿈꿀 시간을 줘야지. 아직도 내 꿈, 내가 진정으로 원하는 것을 찾지 못해 방황하는 3·40대도 많은데 이제 고작 10대에게 성적과 입시라는 평가 제도로 꿈꿀 기회조차 빼앗을 수는 없다.

　이제 곧 있으면 2학기 중간고사 기간이다. 나는 아이와 이번 주말 피아노 공연을 보러 갈 생각이다. 시골 카페에서 열리는 소박한 공연이다. 가을 풍경을 바라보면서 아름다운 음악에 섬세한 네 감성이 하늘하늘 춤추기를 바라며. 다른 이들의 꿈을 엿볼 기회, 너도 상상해 볼 수 있는 여러 가지 꿈의 모양을 보여주고 싶다. 시험공부는 네가 알아서 하고. 그래도 이번 시험에 28점은 받겠지.

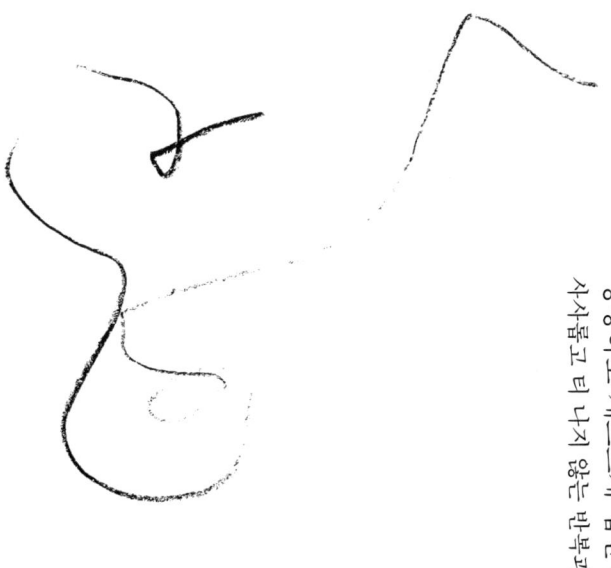

06

평범하고 게으르게 집안일 하기

사사롭고 티 나지 않는 반복과 단순함

나도 반질반질하고 보송보송한 부엌을 가질 수 있을까. 주방 전등 빛이 살짝 반사되는 냉장고, 레몬 향이 풍기는 새하얀 행주가 가지런히 걸려있고 작은 얼룩도 없는 테이블 위에 꽃병 하나. 이런 이상적인 부엌이 엄마의 공간이라면, 엄마의 살림 능력을 보여주는 장소라면, 나는 우리 집 부엌을 볼 때마다 좌절할 수밖에 없다. 부엌은 언제나 물이 튀고 고이기 쉬운 싱크대와 불길을 만드는 가스레인지가 있고 깨지기 쉬운 그릇들, 날카로운 도구로 가득하다. 번뜩이는 칼날만 봐도 긴장하는 나는 이런 곳을 나의 공간으로 바란 적이 단 한 번도 없다. 아직도 내가 이 구역 담당자라는 사실을 받아들이기 어렵다. 커다란 냉장고를 가운데 두지 않고, 물이 한 방울도 튀지 않는 곳, 책이나 그림이 젖을 위험이 없는 곳, 내가 원하는 건 그런 곳이다. 요리하는 것을 즐기기도 하고 맛에 대한 대범한 모험심도 가지고 있지만 절대 주방을 책임지는 사람이 되고 싶진 않다. 나는 주방에 있을 때보다 다른 곳에 있을 때 더 즐겁고 열정적이다.

컵 하나도 아무렇게 놓여있지 않은 깔끔한 동생네 주방을 보면 와- 하고 감탄하지만 돌아온 나의 주방에는 여전히 컵이 7-8개가 익숙한 별자리처럼 드문드문 서 있고 책과 이어폰, 과자 봉지가 어색하지 않게 자기들끼리 잘 어울려 있다. 실은 이렇게나 지저분해도 별로 신경 쓰이지 않는다는 게 함정이다. 어수선한 공간에서도 한 가지에 몰입할 수 있는 게 집중력이라고, 그래서 정리하지 않는 거라고. 그래도 오랜만에 청소할 땐—단

몇 시간이면 다시 서서히 어질러질게 뻔하지만—모델 하우스 주방처럼 싹 치워놓고 잠깐의 깔끔한 상태를 누린다. 이곳은 부엌이 아니라 내 작업실이기 때문이다. 가끔은 요리를 하지만 대부분 책을 읽고 글을 쓰는.

나는 원래 칼질을 싫어해서 무언가 썰어야 하는 요리는 되도록 피한다. 하지만 가족들의 식사를 위해 어쩔 수 없이 칼을 들어야 할 때가 많다. 아이들이 어릴 때는 각종 채소를 잘게 썰어서 볶아야 했기에 칼과 도마는 식사 준비에 있어서 빼놓을 수 없다. 그래도 되도록 버섯은 자르는 대신 손으로 찢거나, 껍질을 깎아야 하는 과일 보다 벗겨서 먹을 수 있는 과일을 산다. 그렇지만 어느 날은 즐거운 마음으로 칼질을 할 수 있다. 바로 뭇국을 만들기 위해 하얗고 단단한 무를 썰 때다. 김치찌개, 청국장, 콩나물국, 미역국 우리 집 저녁 식사 메뉴 가운데 뭇국은 아주 가끔 등장한다. 다른 국을 만들 때와 달리 뭇국을 만드는 과정은 오감을 만족시키는 힐링 시간이다.

무뎌진 칼날을 갈아야지 하고서 몇 달을 그대로 쓰고 있는 칼을 조심스레 든다. 나무 도마 위에는 어제 밭에서 뽑아 온 내 종아리만 한 무가 놓여있다. 커다랗고 뽀얀 물방울 모양의 식재료. 이게 정말 컴컴한 땅속에서 자랐다고? 직접 뽑아온다 해도 무의 생김새를 보면 쉽게 믿어지지 않는다. 무를 썰기 전에 껍질이라 할 수 없는 매끈한 표면을 몇 번 쓰다듬어본다. 먼저 쥐꼬리 같은 끝부분을 잘라내고 윗부분에 연둣빛을 자른다. 그런 후 조금

불완전한 원통형을 눕히고 굴러가지 않게 한 손으로 단단히 잡아둔 다음 한 모금의 숨을 들이마신다. 지름이 큰 무는 칼이 들어가고 도마에 부딪히는 소리가 깊다. 써어억 둑! 여러 번의 칼질로 둥글고 납작한 무가 쌓이면 다시 모아 4~5개씩 올려둔 다음 네모난 모양으로 자른다. 무의 형태가 변하면서 주는 시각적 감각, 그리고 깊게 썰어지는 소리가 주는 청각적 감각. 다음은 후각이다. 냄비에 들기름과 다진 마늘, 무를 달달 볶는다. 나무 주걱으로 얇고 납작한 무가 들기름 향을 머금고 살짝 익으면서 고소한 냄새가 난다. 나는 지금 아무도 보지 않는 퍼포먼스를 하는 게 아닌가. 아이들은 저녁을 기다리며 내 등 뒤에서 TV만 보고 있다. 무가 익으면서 부엌과 거실에 달달하고 고소한 냄새가 가득하다. 불려둔 황태, 혹은 냉동실에 소고기가 있다면 뒤늦게 무와 함께 볶은 후에 물을 붓고 냄비 뚜껑을 닫는다. 기다리는 시간, 보글보글 온도를 올린다. 시간이 지나 냄비뚜껑을 열면 투명한 무가 뽀얀 국물에 둥둥 떠 있다. 소금과 국 간장으로 간을 하고 파를 올리면 완성. 뜨끈하고 부드러운 국물은 간지럽고 불편했던 목구멍을 지나가며 까칠하게 돋아있던 마음까지 달래주는 것 같다. 무가 국물에 자기 색을 다 내어주고 투명해지면 씹지 않아도 될 만큼 부드러워진다. 몇 분 전까지 도마 위에서 당당하고 단단했던 무의 고맙고 착한 변신이다.

사사롭고 티 나지 않는 반복과 단순함, 그러나 은근히 세심한 고급 기술이 필요한 집안일을 나는 좀 더 즐겨야겠다고 마음먹었다. 그 행위가 나를 위로하고 있다는 사실을 알아챘기 때문이다. 빨래는 애틋한 마음과 성취감을 느끼게 하는 명랑한 노동이다. 주된 작업은 세탁기가 담당하지만 다 끝난 빨래를 꺼내 한 장씩 햇빛 아래 널어두는 건 내 몫이다. 다 마르고 바삭해진 옷을 한 번씩 쓰다듬어 접는다. 가족들의 체취와 하루가 베인 옷을 만지는 일. 세탁 건조기를 사기 전에 주변 사람들로부터 건조기를 사용하기 전과 후가 얼마나 다른지, 건조기 예찬을 많이 들었다. 아이 셋을 낳고도 한참 뒤에야 빨랫감이 많아져 구매한 세탁 건조기는 몇 달 사용해 보니 과연 집안일에서 빨래의 영역을 모두 넘겨버린 것 같았다. 하지만 뜨거운 열기를 품고 바싹 말려 나온 빨래를 보면 나는 어쩐지 개운한 마음보다 안쓰러운 마음이 든다. 열 고문을 당한 후 빠져나온 옷은 일상의 흔적을 말끔히 지운 느낌이다. 그래서 수건이나 급하게 말려야 할 옷이 아니면 햇빛이 드는 곳에 한 장씩 털어 널어둔다. 그러면 섬유 유연제 향도 솔솔 풍기고 주렁주렁 매달린 옷가지들이 광합성을 하는 것 같다. 조금 번거롭더라도 단순하고 소박한 집안일은 나를 위로해 준다. 마치 햇빛을 쐬고 바람을 맞는 것이 내 마음인 것처럼 내 손이 닿은 곳에 내 마음이 포개어진다.

청소기는 집안일을 돕는 편리한 제품이지만 사용할 때 나는 소리가 나에겐 너무 큰 소음으로 느껴진다. 그래서 웬만하면 청소기를 사용하는 대신 정전기 부직포로 바닥을 쓴다. 그러면 먼지를 훔치는 소리도 들리지 않을 만큼 조용하고 가볍게 청소할 수 있다. 팔을 걷어붙이고 말끔히 청소하려는 자세는 전혀 아니다. 슬렁슬렁 지나가며 눈에 띄는 것만, 시간 되는 만큼만 슥슥. 청소는 나에게 힘든 집안일이 아니라 심심할 때 분위기 전환 삼아 하는 놀이와도 같다. 그러다 보니 결코 반짝이고 깨끗한 집은 될 수 없다. 그래도 청결의 기준을 낮추고 힘겹지 않게 움직이는 느슨한 청소가 좋다. 느긋하게 쓸고 닦으며 한 듯, 안 한 듯한 청소. 미세하게 깨끗해진 전과 후를 혼자만 알아채며 만족을 느낀다.

가끔은 샤워하다가 욕실 구석구석을 솔질하는 재미도 있다. 지우개로 지우듯 타일 사이에 낀 곰팡이 때를 벗기다 보면 솔질에 리듬감이 생기고 락스 세제 몇 방울이 풍기는 소독 냄새가 나를 자극한다. 가장 작은 공간, 한눈에 돌아볼 수 있는 작은 공간은 온통 하얗고 매끈한 것들뿐이다. 변기와 세면대는 어쩌자고 처음부터 이리 반짝이는 걸까. 조금만 때가 끼어도 티가 나서 부지런해야 하지만 역시나 꽤 얼룩덜룩해지고 나서야 청소를 결심한다. 깨끗해진 욕실은 안방보다 더 깔끔해져서 질투가 난다. 아이들은 특히나 화장실 청소와 설거지를 좋아한다. 아마도 설거지는 거품을 내서 물장난하는 기분일 테고 화장실은 벅벅 문지르는 솔질의 경쾌한 소리가 마음을 양치질하는 듯 상쾌한 기분이 들어서 그럴 것이다. 오늘은 오랜만에 설거지는 첫째에게, 화장실은 막내에게, 빨래 걷기는 둘째에게 맡긴다. 놀이를 가장한 청소시간인지, 청소를 가장한 놀이시간인지 불명확하지만 나는 청소 감독을 하지 않고서 삐뚤삐뚤 앉아있는 인형들을 어떤 방향으로 둘지 진지하게 고민하고 있다. 바지런하게 쓸고 닦으며 살림을 꾸리지 못해서 말끔하진 않아도 조금 때가 묻고 먼지가 쌓인 이곳에는 명랑하고 게으른 내 일상의 여유가 흐른다.

07

빵빵해지고 싶은 건 마음이었는데

고속도로를 달려 피부과에 도착했다.

"어떤 고민으로 오셨어요?" 과잉된 친절함이 얼굴에 밴 의사가
다정히 묻는다.

저 눈이 너무 움푹 패였어요. 요즘 거울을 보면
피곤한 아줌마가 보여서 거울 보기 무서워요. 사실
피부가 좋은 건 아니지만 저는 제 주름과 기미가
그렇게 싫진 않거든요. 그런데 눈은 왜 이렇게 움푹
꺼지는 걸까요. 이러다 어느 날 눈알마저 폭 하고 안으로
빠져버릴까 봐 겁이 난다니까요. 그러니까 저는 눈
주변에 이전처럼 살이 자연스럽게 채워졌으면 좋겠어요.

그럼 고객님께 딱 맞는 시술이 있어요. 바로 스***
주사인데 만족스러우실 거예요. 자연스럽게 볼륨을
채워줄 거거든요. 저희 병원 시그니처 주사랍니다.

주사는…. 제가 침도 무서워서 못 맞는 성격인데. 혹시
주삿바늘 크기는 어느 정도 되나요?

마취 크림 바르고 하실 거니까. 통증은 따끔한 정도구요.
참으실 수 있을 거예요.

30분 뒤, 나는 진동벨을 손에 쥐고 땀을 뻘뻘 흘리며 몇 대의 주사를 얼굴에 맞았다. 앞으로 남은 건 주사의 고통보다 할부 3개월 카드값과 붉은 주삿바늘 자국, 빵빵하게 차오를 볼륨이었다. 하지만 그 무엇보다도 내가 어쩌다 이렇게 얼굴에 송송 구멍을 내고 주사를 맞았느냐 라는 의문이 내 앞에 남았다.

이전부터 20대에도 종종 50, 60세가 된 내 모습을 상상하곤 했다. 나이 들고 주름진 모습에서 지혜롭고 절제 된 아름다움 같은 것이 있다고 생각했기 때문이다. 프랑스 여자들은 주름 시술을 안 한다던데 역시나 그래서 당당하고 매력적인 거였어. 나도 파리지엔느처럼 나이 들 거야.... 그랬던 내가 어느 날 무말랭이 무침을 밥 위에 올려 먹으며 한쪽 접시에 담겨있는 샤인 머스캣 몇 알을 보다가. 탱글탱글과 쪼글쪼글 사이에서 멈추고 말았다. 아이들은 무말랭이를 쳐다보지도 않는다. 이렇게 꼬들하고 맛있는 매력 만점 반찬을. 아이들은 반짝이고 매끈한 알맹이만 쏙 쏙 따먹을 뿐이다. 나는 무엇을 위해 샤인머스캣이 되어야 하는가. 잘 먹히는 가치를 유지해야 하는가. 영양가 있는 무말랭이가 되어서는 안 되는가. 휘몰아치는 고민은 이미 주사를 맞은 뒤에 찾아왔다. 하지만 고민은 사라지지 않은 채 어느새 콜라겐의 효과가 드러나고 있었다. 얼굴에 맞았는데 심장 어딘가에 맞은 듯 마음이 부풀어 오른다. 뒤꿈치부터 가벼워진 느낌이다. 팔랑팔랑, 사뿐사뿐. 집에 돌아와 거실 바닥을 닦으며 흥얼흥얼, 신데렐라처럼 걸레 자루를 들고 턴. 어머 내가 왜 이래. 흘끗- 쳐다본 거울 너머 내 얼굴은 먼가 조금이지만 살짝 광이 나는 것 같다. 정말로 생기가 나는 건지, 탱탱해질 거라는 기대로 생기 나는 건지 모르겠지만 이미 주사의 효력은 마음에서 나타나고 있다.

어릴 적부터 할머니 할아버지와 가까이 살지 않아서 나이 들어가는 몸을 자세히 지켜본 적이 없다. 그나마 가장 가까이서 엄마의 60대를 지켜보며 서서히 할머니가 되어가는 멋쟁이 여성의 변화가 문득 울컥하고 서러워질 때가 있다. 노화라는 이름으로 시력이 약화되고 주름이 깊어지고 색소가 올라오고 어느새 엄마의 얼굴에는 지나간 삶이 그림자처럼 드리운다. 노심초사 불안으로 아이들을 키웠던 시간은 미간에 깊은 주름으로 자리 잡았다. 어느 날 동네 대중목욕탕을 찾았다가 '가는 날이 장날'이었던 날이 있다. 그날은 산골 면 단위에서 한 대의 버스를 타고 단체로 목욕하러 오는 날이었다. 그래서 처음으로 70-80대 여성약 20여 명의 나체를 한꺼번에 목격하게 되었다. 나이든 몸이 풍기는 체취는 목욕탕의 비누 향을 순식간에 삼켜버렸다. 혼자 거동하기 어려운 작고 구부러진 몸은 목욕을 도와주는 돌보미분들을 의지하고 있었다. 허리가 아예 직각으로 구부러진 할머니는 늘어진 가슴이 바닥을 짚는 팔과 함께 다리처럼 보인다. 마치 다리가 여섯으로 보이는 놀랍고 낯선 모습. 주름지고 구부러진 몸이 내 눈 앞에 펼쳐진 날을 잊을 수 없다. 옆에 있던 어린 딸이 처음 보는 낯선 몸들에 입을 다물지 못하다가 심각한 표정으로 묻는다.

　　엄마도 나중에 저렇게 되는 거야?
　　사람의 몸은 시간이 지나가면서 저렇게 변하게 되어있어.
　　그건 당연한 거야. 나도 그렇고 너도 저렇게 될 거야.

　　아이는 여전히 놀란 표정으로 아무 말도 하지 않았다.
아이가 받아들이기에는 너무 적나라한 장면이었나. 나도 아직
늙어가는 몸을 자연스럽게 받아들이기 어려운데.... 아이에게
굳이 미리 마주하지 않아도 되는 시간의 민낯을 보여준 것만
같다.
　　생각보다 마음의 콜라겐은 오래 유지되지 못하고 금세
쪼그라들었다. 조금 차오른 듯한 얼굴을 거울로 마주 보아도
마음이 쓸쓸하다. 저속노화를 부지런히 쫓아간다 한들
노화를 얼마큼 늦출 수 있을까. 나이 들어가는 몸을 씩씩하게
받아들이려면 오히려 마음의 탄력이 필요한 게 아닐까.
자연스러운 시간의 흔적을 수용하지 못하고 벌벌 떨며 외면하는
거야말로 이미 쪼그라들고, 바람이 빠져버린 '노화된' 마음이
아닐까. 우아함과 건강함이란 옷으로 가리지 말고 나이들어가는
몸을 마주하고 싶다. 거울에 비친 내 모습에 화들짝 놀라거나
시무룩해 하지 않고 말이다. 탄력있는 탱탱한 마음으로 주름을
맞이하고 싶다.

08

경건한 밥·앗간

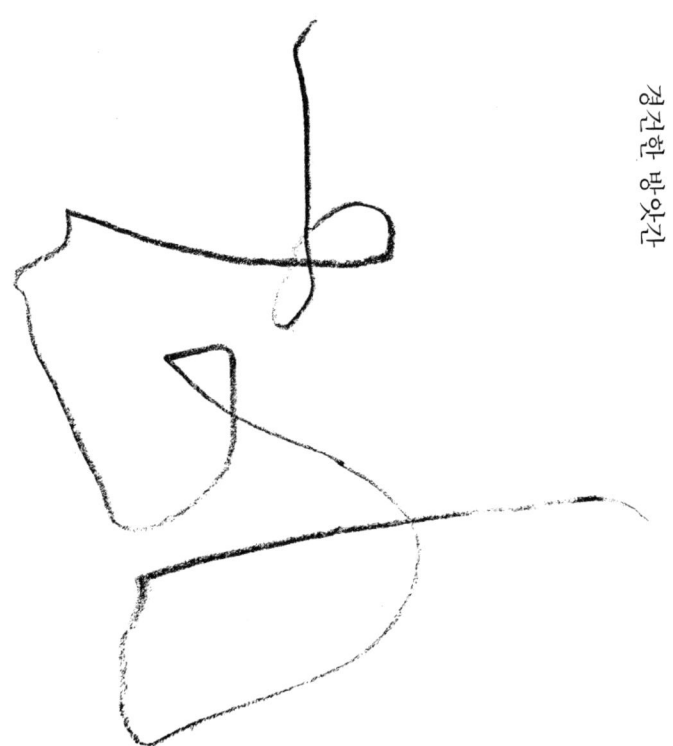

내 이름을 거꾸로 한 지명이 대한민국에 있는 줄 몰랐다.

서울에서 고속버스를 타고 3시간 40분을 달려 내려온 곳은

경상남도 지리산 근처의 작은 버스터미널이었다. 버스가 완전히

멈추기도 전에 천천히 속도를 줄이자, 버스 창밖으로 다 같이

한 미용실에서 파마를 한듯한 할머니들의 뽀글뽀글한 머리가

보인다. 꽃무늬, 넉넉한 바지, 느릿한 걸음의 할머니들을 보니

긴장이 풀린다. 서울의 지하철, 터미널에 가득 찬 바쁘고 다급한

열기가 뜸 들이던 밥솥의 김이 빠진 듯 어느새 느리고 고요한

곳에 도착했다. 원지였다.

　　고속 도로 중간 지점 휴게소에서 사 마신 커피와 과자

봉지를 주섬주섬 챙기고 버스에서 내렸다. 주변의 산과 나무,

공기마저 4시간 전 내가 있던 곳과 다른 색감, 다른 냄새다.

이곳의 풍경을 코로 깊게 음미할 시간도 없이 내 앞으로

단단하고 두툼한 그가 다가왔다. 오랜 시간 태양 빛에 구워진

붉고 검은 피부는 농사일로 지낸 고된 흔적이 아니라 태양을

맞서고 살아 온 전사 같아서 나도 모르게 경외감 비슷한 감정이

올라왔다. "안녕하세요." 나는 두 손을 모으고 인사했다. "잘

왔다. 길이 멀어 고생했지." 수줍게 웃으며 인사하는 전사의

얼굴에는 주름이 보물섬의 지도처럼 피어난다. 나는 그 주름

사이 어디쯤에 아빠의 느낌을 찾을 것처럼 무례하게도 처음 보는

얼굴을 샅샅이 눈길로 더듬어본다. 그곳에서 다시 차를 타고

터미널에서 40분을 달려 방앗간에 도착했다.

각종 떡, 참기름, 고춧가루가 크게 적인 간판은 오랜
바람이 붉은색을 다 빼앗아 갔는지 연한 붉은 색으로 흐릿하게
남아있다. 한 번도 방앗간에 들어가 본 적이 없는 나는 긴장한
마음으로 조심스레 안으로 발을 딛는다. 나란히 줄지어 서
있는 처음 보는 기계들. 기계가 돌아가지 않는 적막한 방앗간은
시간이 멈춘 것 같다. 주일 오후 모든 교인이 빠져나가고 불이
꺼진 예배당 혹은 아무도 없는 절의 법당이 떠올랐다. 그 고요함,
엄숙함을 오래된 방앗간에서 느낄 수 있다니. 잠시 우두커니
서서 풍성한 냄새를 내 후각이 다 담을 수 없을 정도로 힘껏
들이마신다. 깨를 볶고, 기름을 짜는 냄새, 쌀을 찧어 푹 익은 밥
냄새, 콩을 볶아 가루를 낸 냄새. 이곳은 이제부터 시작될 나의
새로운 세계, 시댁이다.

평생 농사를 지으며 살아오신 아버님은 서울에서 공부만
하다 온 며느리에게 우리 집은 '노가다' 집안이라고 3번을 반복해
소개하셨다. 다소곳이 앉아 있던 나는 더 수줍게 웃었지만 실은
노가다가 무엇인지 전혀 알지도 경험하지도 못했던 나에게
노가다는 아무것도 알 수 없는, 그래서 아무것도 아닌 단어일
뿐이었다. 결혼하고 자주 들러 들여다보고 몇 년이 지나서야
노가... 쯤의 의미를 알 수 있었다. 내가 옆에서 도울 수 있는
일이란 저 뒤 칸에 있는 국자를 가지고 오거나 텃밭에 있는
파를 뽑아오기, 어머니가 다 만들어놓으신 떡에 콩고물을 살살
뿌리는 잔심부름뿐이다. 10년을 살아도 아직 시골 방앗간

일손이 서툰 나를 그저 미소짓고 바라봐주시는 시부모님의 눈빛
덕분에 여전히 소꿉놀이하듯 가끔은 참기름을 짜고 포장하는
일도 거든다. 그래도 이제 이런 것도 할 수 있다고 나 스스로
대견스럽게 여기며.

대목인 명절이나 연휴에는 방앗간의 모든 기계가 쉴
없이 돌아가고 주문받은 떡을 만드느라 식사할 겨를도 없이
일한다. 며칠째 일을 돕는 남편은 어김없이 쌍코피를 터뜨리고
새벽부터 일하시는 아버님의 눈은 핏줄이 붉게 터져 있다.
오직 기계 소음만 가득 찬 방앗간에서 아무 말 없이 일하고
눈치껏 작은 일을 돕다 보면 한겨울에도 온몸에 쌀과 땀 냄새가
몸에 찐득하게 베인다. 부엌에서 밥상을 차리고 치우는 일도
쉽지는 않지만 나도 밖에서 드러나는 생산적인 일을 하고 싶은
마음에 만삭인 배에 손을 얹고 떡을 자르거나 포장을 도왔다.
손님으로 오신 할머니들의 사투리를 알아듣지 못해서 순간
내가 국제결혼을 했나 싶을 정도로 낯선 기분이 들기도 하고
방앗간 집 며느리라는 소개에 머리끝부터 발끝까지 훑어보시는
어르신들의 시선과 한마디씩 건네는 감상평도 들어야 했다.
하지만 이런 작은 심리적 불편함은 종일 기계처럼 일하고 있는
가족들에 비하면 내밀 것도 아니기에 바지에 붙은 콩가루처럼
털어낸다.

김이 모락모락 나는 가래떡이 기계에서 줄줄이 나오면
찬물에 헹궈 커다란 판에 한 줄 두 줄씩 차곡차곡 쌓는다. 설

연휴 기간에는 그렇게 가래떡이 벽면에 가득 내 키보다 높게 쌓인다. 제때 식사를 할 틈이 없어 바로 뽑은 긴 떡 한 줄을 손에 들고 오물오물 씹어 먹으면 모차렐라 치즈처럼 주-욱 늘어나는데 그 맛은. 정말... 방앗간 일꾼만이 누릴 수 있는 특권이다. 며칠 바람에 말려 굳은 가래떡을 한 줄씩 기계에 넣으면 떡국 떡으로 얇게 잘려 나온다. 겨울에 눈이 잘 내리지 않는 마을이지만 방앗간에서는 눈송이처럼 하얀 쌀가루의 다양한 변신을 종일 마주한다.

떡을 찌고 나면 김이 가득 차서 저쪽에 계신 어머님의 모습이 보이지 않을 때가 있다. 잠시 후에 김이 빠지고 나면 시루 사이로 방앗간 50년 경력 총감독님의 실루엣이 드러난다. 아이들은 어렸을 적부터 할머니를 '조물조물 할머니'라고 불렀다. 할머니 댁에 올 때마다 늘 떡을 만들고 손으로 굴리며 고물을 묻히시는 모습을 봐왔기 때문이다. 어머니가 시집올 때 이곳에 먹을 만한 건 아무것도 없었고 장남인 아버님 아래 배고픈 어린 동생들만 일곱이 있었다고 했다. 부엌살림이나 육아에 신경 쓸 겨를 없이 무거운 떡시루를 들어 올리고 하루종일 서서 떡을 만드는 일로 살아온 여자. 70살이 넘어도 여전히 해내고 계신 방앗간 일들. 그러나 놀랍게도 아직도 소녀처럼 맑고 반짝이는 눈빛. 시집오기 전 노가다의 '노'자도 몰랐던 내가 이제는 '가'까지 알 것 같다고 한 까닭은 어머니의 눈빛과 아버님의 얼굴에서 보물 지도처럼 펼쳐지는 주름을 보았기 때문이다.

이전까지 나는 평생 먹고 살아가기 위해 어떤 노동을
했느냐에 따라 사람의 얼굴에 축적되는 것들이 있다고 생각했다.
고생한 사람, 일에 찌든 사람, 거친 일에 데인 사람들의 일그러진
얼굴을 본 적이 있다. 하지만 이 노부부에게는 무언가 내가
알지 못하는 비밀이 있는 것 같다. 감히 내가 발도 디딜 수 없는
오래된 노동이지만 그것이 어떤 일이냐가 아니라 이 일을 어떠한
마음으로 자신의 삶으로 감당하셨을까. 역경을 딛고 집안을
일으켜 세워야겠다는 의지, 지긋지긋하다는 푸념, 서러움과
원망이 전부는 아닐 것이다. 나는 쉽게 그 비밀을 알고 싶지는
않다. 몇 문장으로 설명하고 싶지 않다. 쉽게 이해하지 않은 채
신비로운 마음으로 70살의 시부모를 바라본다. 어쩐지 들어서는
순간 경건함을 느꼈던 방앗간의 첫인상은, 두 분의 비밀스럽게
나이든 얼굴은, 50년이 넘는 그분들의 '성실함'은 어떠한 말로도
함부로 설명하지 못하게 만든다. 그래서 나는 종종 십자가를
바라보는 마음으로 한쪽이 내려앉은 빛바랜 방앗간 간판을 본다.
아직 읽어야 할 게 잔뜩 남은 경전을 펼치는 마음으로.

'각종 떡. 참기름. 고춧가루. 미숫가루'

09

느
표, 문결, 초두

풍경

창밖에 펼쳐진 겨울 늪을 바라보다 늪 아래 감춰진 은밀하고 뭉근한 것들을 떠올린다. 늪의 매력은 빠져들 것 같은 두려움과 오래된 알 수 없음 때문이다. 지금 나는 어떤 두려움과 무지에 사로잡혀있나. 혹시 내 빨간 구두를 저 아래 빠뜨린 게 아닐까.

등교한 아이들이 남긴 계란 간장 비빔밥을 식탁 옆에 서서 재빨리 긁어서 먹는다. 저녁 설거지가 그대로 쌓여있는 싱크대 위에 오늘 아침 식사 그릇을 그대로 포개어 올린다. 가득 찬 개수대에서 얼른 시선을 거둔다. 페퍼민트 티백 하나를 꺼내 뜨거운 물을 붓고 알싸한 치약 냄새를 맡는다. 식탁 위에 먹다 흘린 밥풀을 티슈로 닦아내고 최현숙의 『두려움은 소문일 뿐이다』의 남은 부분을 잠시 읽다가 비벡 슈라야의 『나는 남자들이 두렵다』를 다시 펼친다. 학교에서 호모라고 놀림 받던 일과 자신의 음악을 지지해주는 줄 알고 만났던 관계자의 무례한 대화 내용을 다시 읽어본다. 의도한 건 아니지만 오늘 독서 키워드가 두려움이 되었다. 답답한 마음에 고개를 밖으로 돌린다.

창밖은 하늘에 우유를 쏟은 것처럼 물안개로 희뿌옇다. 안개 위로 어슴푸레 비치는 나뭇가지 형상과 철새들의 비행은 이제 막 시작한 무대 위 한 장면 같다. 거실의 짙은 파란색 커튼을 걷으면 제1막이 오르고 우윳빛 안개 속에 주인공 마른 나뭇가지 등장. 작게 흔들린다. 철새 4마리 서쪽에서 동쪽 사선 방향으로

날아오르다. 햇살조명은 옅은 노란색으로 서서히 비추다. 아침
9시.

삶의 무대에서 완벽한 주인공이 되려고 나는 얼마나
몰입했던가. 이 모든 연극이 끝나고 저 죽음이라는 막이 내리면
커튼콜을 받으며 멋지게 인사를 하고 싶었다. 나는 무대에서
열연을 펼쳤지만 무대 밖에서는 아무것도 할 수 없었다. 정확히
말하면 역할이 없는 나를 무엇으로 여겨야 할지 몰랐고
모른다는 상태가 공포스러울 만큼 두려웠다. 조명이 꺼지고
모두가 사라지고 나면 아무런 역할이 없는 내가 남아 있다. 겁을
먹고 두리번거릴 때 진짜 주인공이 등장한다. 우두커니 묵묵하게
아주 오래전부터 그곳에 앉아있던 돌멩이 하나. 배경이거나
관객인 줄 알았던 그들. 늪과 나무. 구름과 바람. 그들을 바라보는
나는 이제야 1열에 앉은 관객이 된다. 관객은 역할이 아니다.
연기하지 않는다. 바라본다. 그들의 충만한 연기를. 한 번도
무대 아래로 내려온 적 없는 생의 연기를. 상상한다. 나뭇가지가
되었다가 밤사이 시베리아에서 날아온 철새가 된다.

이제 나는 대사를 잊어도 되는 관객이다.

바라보기

가장 두려운 건 나 자신을 마주하는 일이다. '나는 누구인가'라는
물음을 감당하기 어려워서 질문의 무게를 줄인다. 나는 '어떤'
사람인가. 타인의 시선과 평가에 기대어 나를 정의한다. 칭찬과

인정으로 만들어진 나를 받아들이는 건 생각보다 쉬운 일이다. 하지만 어느 순간 내 안에 또 다른 시선을 느낀다. 벽에 비스듬히 기대어 팔짱을 끼고 나를 비웃는 시선.

　삶에 예기치 못한 변화가 생기면 우리는 그 변화에 적절히 대응하고 맞추는 것을 적응이라 여긴다. 모든 상황을 문제로 여기는 경우 적응은 곧 문제해결 능력이라 볼 수 있다. 그렇게 따지면 J는 적응이 빠른 사람이다. 놀라거나 흔들리는 마음을 내색하지 않고 아무렇지 않은 척 상황에 맞도록 인식과 행동을 바꾸는 사람이니까. 과연 그럴까. 다른 시선으로 본다면 J는 자신을 대면하는 것을 피하려고 상황 뒤에 자신을 숨긴 것이다. 그렇지 않으면 자신이 드러나게 될 테니까. 그래서 J는 자신을 마주할 기회로부터 늘 도망치는 사람이다.

　삶은 흐르는 강물처럼 쉬지 않고 지나간다. 그 위에 나는 아주 잠시 비치는 물결과 같다. 변화는 외부나 주어진 상황에 있는 게 아니었다. 변화하는 것은 오로지 수면 위에 일렁이는 내 모습이다. 그러므로 상황이 뒤틀리고 흔들리고 깨지려 할 때 무언가를 발견하려고 저 물속으로 뛰어 들어갈 필요는 없다. 숨을 참아내고 들어가면 저 깊은 곳에서 거대한 나를 발견할 수 있을 거란 생각은 과잉된 자의식이다. 떠올라 사라지는 어슴푸레한 얼굴이 물결 위에 있다. 반짝이다 때론 일그러졌다가 곧 흩어진다. 거기서 나를 본다.

덜 마른 그림

오늘은 끝내 글을 쓰지 않으려고 나뭇잎을 칠한다.

꽃봉오리처럼 곱게 오므라진 털에 물을 적신다. 1초. 붓이 물을 먹는다. 초록색 물감을 살짝 찍는다. 바스락거리는 누런 종이 위에 붓끝이 닿으면 붓이 머금은 물의 양에 따라, 그 양이란 거의 개미 눈곱만한 차이로 색이 서서히 번지거나 고인다. 찍어 바른 색은 처음의 초록과 결코 같지 않다. 다른 색이 되어 이미 종이에 스며든다. 망했나. 망했다. 물이 너무 많았다. 이미 수없이 물감을 닦아낸 얼룩덜룩한 수건은 한 번도 빨지 않아서 마치 새들이 발바닥에 묻은 물감을 닦고 간 흔적 같다. 다시 물을 닦아낸다. 혹은 내가 바라던 색보다 진한 초록이 되었다면 붓에 물을 더 머금어서 빗질하듯 초록색 물감을 덜어낸다. 지우는 것과 칠하는 것이 동시에 일어난다. 시간이 지나면 종이 위에 스며든 색과 물이 마른다. 영혼이 빠져 날아가 버린 것처럼 종이 위에는 초록의 흔적만 남았다. 칠해진 부분은 전보다 살짝 두꺼워졌다. 내가 예상했던 색이 아니다. 전혀 다른 색이다. 마르고 난 후, 종이에 완전히 스며든 초록은 또 다른 빛깔이다. 망했나. 10분 전 내가 선택한 초록, 물과 섞여 종이에 발린 초록, 물이 다 마른 초록은 모두 같은 초록이다. 지금 내가 이 초록들을 서로 다르다고 여기는 이유는 스며들고 마르는 시간에서 변화하는 초록을 인정하지 못하고 있기 때문이다. 난 몇 번이고

그림을 망쳤다고 중얼거리고 다시 아니라고 말하며 초록의
변화를 이해하는 중이다.

　그림이 모두 말랐다. 이제 끝이다. 더 이상 손댈 수 없다.
물이 떠나면 색은 선명해진다. 한지에 스며든 그림을 손가락으로
만져본다. 물이 지나간 흔적은 좀 더 두껍고 주름져 있다.
스치거나 잠시 머물다 떠나간 것들의 흔적. 나에게 완성된 그림은
몇 장이 쌓여있나. 오래된 종이를 뒤적여보니 망한 그림이란
없다는 걸 알아차린다. 다만 어떤 그림은 여전히 축축하다.
그건 자꾸만 색을 칠하고 다시 닦아내며 지우길 반복하고 있기
때문이다. 말리지 못한, 내려놓지 못한 그림은 완성되지 못한
채 계속해서 종이의 표면이 조금씩 깎이고 찢어질 것이다. 물이
마를 새 없이 자꾸만 칠하는 붓질과 말림의 반복이 언젠가
이 그림을 사라지게 할지도 모른다. 붓을 헹구는 물통 안에
초록색이 늪보다 더욱 진해지고 있다. 어떤 그림은 완성하기
위해서가 아니라 사라지기 위해 그토록 붓붙잡혀 있는 것일지도
모른다.

10

엄마의 두 집 살림

오른쪽 손등 위에 붉은 딱지가 점점 범위를 넓혀가고 있다. 새끼손가락 뼈와 이어진 부분을 따라 자꾸만 가려워서 나도 모르게 긁다 보니 작은 뾰루지가 터지면서 핏방울이 맺히고 피가 멈추면 물이 고인다. 그리고 마르면서 딱지가 생겼다. 이제 딱지가 떨어질 때까지, 고아래 새살이 차오를 때까지 기다리면 되는데 그 시간이 제일 가렵다. 의식하고 있을 때는 그나마 참고 손톱으로 꼭꼭 누르며 기다리지만 잠이 들면 나도 모르게 벅벅 가려운 만큼 긁게 되는 것이다. 혹은 마음이 몹시 불안하고 초조할 때, 가려움을 참다가 실컷 손톱으로 살갗이 벗겨지도록 긁을 때 참았다는 듯이 커다란 숨을 그제야 휴우 하고 내뱉는다. 그래서 언제나 오른 손등은 몇 달째 울긋불긋 피가 고여 있는 상태다.

　가끔은 이렇게 글을 쓰는 행위가 등허리 어딘가 무엇이 지나가듯 간지러워서 팔을 뒤로 넘겨 긁어보려는 애씀과 비슷하다고 느껴진다. 그런데 이상한 건 가까스로 손이 닿은 곳을 짧은 손톱으로 박박 긁어보아도 간지러운 느낌은 또 다른 지점으로 옮겨간다는 것이다. 그러다 다른 일이 떠올라 집중하다 보면 가려움 같은 것은 또 까맣게 잊어버리게 된다. 대신 등에는 그저 붉은 손톱자국만 남는다. 도망간 가려움의 지점은 끝내 잡지 못하고. 어쩌면 '가려움은 그저 망상이었을까'라는 생각에 나는 가려움을 참느라 몸을 떤다.

　하지만 오늘은 참지 못하고 가려운 곳을 찾아 긁으려고 몸을 비튼다. 7월부터 시작된 여름 방학이 막바지로 치달을수록 체력도 집중력도 바닥나고 있다. 밥을 차려주고 시간을 조절해서 미디어 시청을 통제하고 함께 놀아주는 것이 내 기운을 빼는 건 아니다. 혼자서 조용히 나의 '저세상'에 집중할 시간을 갖지 못함이 나를 가렵게 한다.

평소 아이들이 등교하면 혼자 남은 집에서 엄마는 대체 무얼 하는 걸까. 하교한 아이들이 보기에 아침 설거지가 그대로일 때도 있고 엄마는 세수도 안 한 채 아침과 똑같은 모습으로 있을 때도 있다. 아이들은 결코 알 수 없다. 집에 혼자 남은 엄마가 무슨 꿈을 꾸는지. 가끔 저녁을 먹어야 할 식탁 위에 아직 물감이 마르지 않은 그림이 올려져 있거나 작은 글씨가 빼곡히 적힌 노트가 놓여있다. 국과 밥을 내어놓고 반찬을 하나둘씩 꺼내면 엄마의 이것과 저것들은 모두 한쪽으로 아슬아슬하게 밀려난다.

점·선·면 그리고 공간이 있다. 공간은 입체다. 우리는 종이 인형이 아니라서 평면 위에 납작하게 붙어있을 수만은 없다. 면과 면이 일어서고 이어지는 순간 3차원의 공간이 열리고 그곳에서 우리는 공간을 차지한다. 하지만 사회의 많은 약속과 신념은 입체적 존재인 우리가 공간을 누리지 못하도록 만든다. 한쪽 면으로만 규정짓고 절대 뒷면은 보이지 않도록. 뒤집어진다면 신뢰할 수 없는 인간이라 여긴다. 이런 세상에서 읽는 행위는 주어진 무수히 많은 선문장을 직조하며 면을 만드는 것과 비슷하다. 그렇다면 쓰는 행위는 만들어진 면을 일으켜 세우고 다른 면과 이어 붙이는 것과 같지 않을까. 그리하여 쓰는 자는

'저세상'의 영역에 자신의 '공간'을 만든다. 앞을 보면서 동시에 뒤를 보는 일. 평면에 입체 도형을 그리듯 '저세상'이 마치 눈앞에 펼쳐질 것처럼 여겨져 종종 머리가 어지럽고 혼란에 빠지는 세계. 쓰지 않았다면 겪지 않았을 고통. 그러나 다시 눈감고 못 본 척할 수 없는 길.

　아이들과 늦은 아침을 차려 먹고 치운 다음에야 한 문장을 쓴다. 그러다 일어나서 커피를 내리고 다시 두세 줄을 쓰고 나서 거실에서 놀던 아이들의 제안으로 포커를 한다. 자꾸만 나에게 조커를 주는 바람에 나는 카드를 두둑이 받아들고 완패다. 자리로 돌아와 앉는다. 두 번째 문단을 쓰는데 이제는 간식을 찾는다. 냉동실에 사둔 만두를 찌고 사과 한 알을 얇게 깎아 내준다. 불안한 마음으로 여기서 조금 더 긴 시간을 확보하기 위해 게임을 허락한다. 그런데 한 시간도 되지 않아 머리를 맞대고 게임을 하던 아이들이 다투기 시작하고 나는 큰 한숨을 들이마시고 벌떡 일어나서 게임을 중단한다. 재미가 갑자기 끊긴 아이들은 콩콩 뛰고 발을 구르며 온몸으로 놀기 시작한다. 탱탱볼이 내 커피잔 위를 아슬아슬하게 날아가고 공기놀이하던 공깃돌 하나가 소파 밑으로 들어가는 바람에 겨우 꺼낸 공깃돌과 함께 먼지 덩어리가 굴러 나온다. 나는 바닥을 치우기 위해 자리에서 일어난다. 그래서 두 번째 문단은 완성되지 못한다. 이제 곧 저녁을 차릴 시간이다.

　읽는 이 없이 쓰는 이가 존재할 수 있는가. 이 글을 읽는

세 사람을 생각해 본다. 먼저 나를 모르는 사람. 그는 문장을 나의 앞면으로 이해할 것이다. 그들이 읽은 문장은 쓰는 이의 겉모습이 된다. 반면 나를 아는 이들은 글을 내 속살이라 여길 것이다. 얼굴을 맞대고 하지 못했던 이야기들을, 숨은 이야기를 이제야 듣게 되었다고 수줍게 고백하는 내 입 모양을 그리며. 그들은 글과 쓰는 이를 분리할 수 없다. 마지막으로 무엇이 앞면이고 뒷면인지 몰라서 자꾸만 뒤집고 의심하며 읽는 이가 있다. 바로 나 자신이다. 그는 앞면과 뒷면을 거짓과 진실로 나누려 하다가 결국 구겨서 던지고 싶을지 모른다. 누구보다 자신의 뒷면을 이해하지 못하는 이는 저자를 알지 못하는 누군가도, 가까운 지인도 아닌 바로 나 자신이다. 결국, 이 혼란의 글쓰기를 통해서 나를 이해할 수 있을까. 그것을 장담하지 못한 채 마침내 종이를 찢어버릴 수도 있는 '나라는 독자'를 떠올리며 글을 쓴다.

나는 연필을 깎는다. 글을 쓰지 않으려고 애쓰면서, 좀 더 현실적인 일을 하려고 애쓰면서 아주 많은 세월을 보낸 나에게, 그녀는 다시 쓰는 법을 가르쳤다. 그녀는 내게 무엇을 쓰든 걱정하지 말고 그냥 쓰라고 말했다. 누구도 읽지 않을 것처럼 쓰라고. 내 말이 아무도 보지 않을 남매의 꽃인 것처럼 쓰라고. 나는 공책을 들고 한동안 앉아서 아무도 읽지 않을, 까마귀가 내게 놓아주는 법을

어떻게 가르쳤는지에 대한 시를 쓴다. 바람에 자신을
내맡겼다고, 그렇게 하니 자기가 원하는 곳으로 바람이
데려가 주었다고. 아주 잘 쓴 시는 아니지만 나는 잠시
만족스럽다. 여러 번 고쳐 써야 할 것이다. 내가 늘 쓰는
것과 거의 같은 내용이다.

— 마크 헤이머, 정연희 옮김, 『씨앗에서 먼지로』, 1984Books, 2025, 227쪽.

정원사 마크 헤이머의 곁에는 그의 글을 기다리고 가장
먼저 읽어 줄 독자가 있다. 그녀로 인해 그는 계속해서 글을 썼고
마침내 책이 되었고 또 다른 독자들이 태어났다.

독자는 쓰지 않음으로써 '쓰는 행위'에 깊이 관여한다. 곁에
독자가 있다는 것은 '노트'가 있다는 것이다. 썼다가 지워도
좋고 쓰다 말아도 괜찮은 노트가 곁에 있을 때 아직
'문장'이 되지 못한 감정과 정서가 실체가 무엇인지 알 수는
없지만 분명 존재하는 무언가가 나타날 수 있는 기회가
주어진다. 그런 이유로 그 노트는 둘만의 비밀을 공유하는
내밀한 교환 일기장만이 아니라 '아직 시도되지 않았고,
알려지지 않은 그 무언가'가 한 사람에 기대어 나타날 수
있는 영토이기도 하다.

— 김대성, 「누군가의 편에 서서(I)」, 생활-글-쓰기 모임, 『문이야 무늬야』, 촉, 2016, 62-63쪽.

내 곁에 있는 독자를 기억하며 글을 쓴다. 썼다 지우며 나조차 알아내지 못한 의미와 그 영토를 그에게 기대어 비추어본다.

매끄럽게 잘 다듬어지고 자신이 의도한 부분을 뚜렷이 보여주는 글보다는 그렇지 않은 글이 좋다. 맨들맨들한 앞면 말고 잎사귀의 뒷면처럼 가끌가끌한 글말이다. 뒷면은 속살처럼 연하고 투명한 작은 솜털이 가시같이 돋아나 있다. 햇빛과 시선을 듬뿍 받은 앞면에서 애벌레는 몰래 숨어 알을 품거나 머무를 수 없다. 그러니까 머물 수 있는 곳은 바로 뒷면이다. 그동안 나는 누군가 쓴 글의 뒷면에 붙어서 죽은 듯이 그러나 죽지 않고 숨을 쉬었다. 나는 여전히 잎의 뒷면을 유심히 본다. 손가락으로 조심스럽게 문지른다. 어떤 과학자는 나뭇잎 하나에 우주가 있다고 말했다. 과학 지식에 대해서 아는 바가 없어도 그 말에 고개를 심히 끄덕인다. 우주의 끝은 어딘지 모를 만큼 광활하지만 지금 내 손바닥 위에는 그런 우주 하나가 놓여있는 셈이다.

저녁을 먹고 설거지를 그대로 둔 채로 글을 마무리한다. 재우고 써야지 했다가 오히려 내가 먼저 잠이 드는 바람에 얼마나 허무한 아침을 맞이했던가. 침대에 누워 오늘 하루를 정리하는 짧은 대화와 토닥임이 오가고 오늘도 긴긴 여름 방학을 잘 보냈다고 격려한다. 얇은 이불을 덮고 누워서 아이들은 오늘 게임에 나온 캐릭터의 능력을 하나씩 설명하고,

서로에게 서운했던 일들을 말한다. 응, 그래, 그랬구나. 드문드문
대답하다가 제일 먼저 잠이 드는 건 결국 엄마다. 오늘 밤에도
고요하고 평화롭게 글 쓰는 시간 같은 건... 누리지 못하고 나는
아이들과 이렇게 잠든다. 이렇게 또 마침표를 찍지 못한 채
하루가 끝난다. 그러나 나는 또다시 글을 쓰기 위해 애쓰며
가려운 곳을 찾아 쓰다듬는 하루를 시작할 것이다.

11

신과 획

신은 '메롱'을 할 수 없다. 신은 '쯧쯧'하고 혀를 찰 수 없다. 혀가 없기때문에. 하지만 인간은 자신들처럼 혀가 있는 신을 상상하고 신의 모습을 짐작한다. 이해할 수 없는 고통을 당할 때 신은 우릴 보며 혀를 내밀었던가. 그럴 줄 알았다고, 다 네 업보라고? 한계에 부딪혀 주저앉을 때 신은 팔짱을 끼고 혀를 차며 우릴 내려보았던가? 신까지 상상할 수 없다면 세상이, 운명이 나를 그때 그렇게 여긴다고 느끼진 않았던가.

뒷짐을 진 아빠를 따라 야트막한 산을 오른다. 느긋한 걸음으로 숨이 차지 않을 만큼 대화를 나눈다. 아빠는 오른손으로 왼손을, 아니 왼손으로 오른 손목을 감싸 쥐었던가. 내가 뚜렷이 기억하는 건 아빠의 보랏빛 손톱이다. 직업 군인이었지만 낭만 시인이었던 그는 김수영의 〈풀이 눕는다〉 김소월의 〈진달래꽃〉을 나직이 읊으며 걷는다. 직장암 4기 선고. 수술을 마치고 집에서 요양 중인 아빠와 나는 매일 느지막이 일어나 항암 환자들에게 좋은 야채 스프를 한 컵 마시고 산책을 나선다. 홍대 앞에 자취하며 방송가 취업을 준비하는 동안 2번의 낙방 끝에 마음을 접고 집으로 돌아왔다. 태평한 백수가 되어 아빠의 팔짱을 끼고 동네를 걷는다. 엄마 몰래 중국집도 가서 짜장면을 사 먹고 벤치에 앉아 햇볕을 쬔다. 어느 저녁 산책길에 상가 2층에 있는 자그마한 치킨 호프집을 올려다보며 아빠가 말했다.

나는 네가 어른이 되면 뜨거운 사랑도 해보고 마음이
데이고 힘들어서 아빠랑 맥주 한잔하면서 이야기도 나눌
수 있을 거라고 생각했어. 그런데 넌 그 젊음을 사랑도
안 하고 그냥 학교, 교회만 다니는 것 같아서 아쉽네.
지금 너의 20대를 충분히 누리지 못하는 것 같아서.

40이 된 지금, 이제는 아빠와 치맥을 하며 나눌 이야기가
많이 있지만, 도무지 전할 수 없는 이야기가 되었다.
    비쩍 마른 아빠를 휠체어에 태우고 천천히 병원 뒷길을
걷는다. 혼자 걸을 수 없을 만큼, 대화를 나눌 수 없을 만큼
기력이 다해버린 아빠와 지난날처럼 여전히 산책하고 있다.
팔걸이에 힘없이 올려진 아빠의 팔은 팔이 아니라 숲길에서
주워 온 나뭇가지 주워 올려둔 것 같다. 잿빛으로 변한 손톱이
가끔 까딱거린다. 아무 말을 하지 않아도 같은 풍경을 바라보고
있음에 안심한다. 아빠도 지금 저곳을 보고 있겠지. 오랜
항암치료로 뼈만 남은 얼굴과 몸. 소리 없는 움직임. 눈동자의
움직임과 짧은 끄덕임, 손가락으로 아빠의 마음을 읽어야 한다.
그해 여름은 어느 때보다 짙은 초록이었고 많은 비가 내렸다고
나는 기억한다. 혼자 종알거리며 대답 없는 아빠의 눈동자를
보면서 지금 내 이야기는 아빠의 귀가 아니라 눈으로 들어가고
있는 게 아닐까 싶었다. 아빠가 집게손가락을 들어 까딱이며
다른 방향을 가리킨다. 손가락을 따라 고개를 돌리니 병원 옆에

있는 장례식장이다. 그곳으로 가보자는 것이다. 나는 애써 그쪽을 피해 지나가려고 했는데 아빠는 정확하게 그쪽을 가리켰다. 휠체어를 밀고 있어서, 아빠가 나를 보지 못해서 다행이다. 갑자기 비가 쏟아졌다. 굵은 눈물이 빗방울처럼 아빠의 가녀린 어깨 위로 떨어졌다. 아빠의 손가락을 못 본 척하고 반대쪽으로 방향을 틀었다.

며칠째 거칠게 쉬던 아빠의 숨이 멎었다. 화면 속에 규칙적으로 가파른 산을 그리던 심박동 선은 평온하게, 마침내 직선이 되어 가라앉았다. 의사가 들어와 사망 시각을 읽고 선고를 마치자 나는 재빨리 아빠의 침대 위로 올라가 가슴에 몸을 포개었다. 멈춘 심장 위에 아직 남은 온기를 느꼈다. 살은 없고 가죽만 남은 볼에 내 볼을 맞대고 조금 전까지 힘겹게 들락날락했던 옅은 숨소리를 다시 떠올리며 속삭였다.

'아빠 정말 고마워요. 저에게 너무나 많은 것을 주셨고 저는 넘치도록 사랑을 받았어요. 그 사랑만으로도 저는 앞으로 충분히 행복할 수 있어요. 아빠를 계속 그리워하고 기억하면서 살게요. 나중에 만나요. 먼저 가 계세요. 걱정하지 마시고 편히 눈 감으세요.' 눈물은 한 방울도 흘리지 않았다.

5년 동안 이어진 투병 생활은 한없이 느리고 끈적이게 흘러갔지만, 작은 마침표 하나로 아빠의 흔적은 사라졌다. 말기 암과 싸울 상대는 애초에 존재하지 않았다. 서서히 무너지는 과정을 지켜보고 승복하는 것이 남은 우리 몫이었다. 완전한 승복. 아빠가 없는 우리 집을 상상할 수 없다. '집'이라는 글자에서 'ㅈ'이 빠진다면 어떤 글자도 될 수 없는 것처럼. 이제 존재하지 않는 우리 집. 나는 상주의 옷을 입고 장례를 치른 후에도 석 달 동안 꿋꿋하게 일상을 보냈다. 멍해진 엄마와 함께 잘 먹고, 잘 자고 산책을 하며 가을 하늘을 보고 감탄도 했다. 드라마를 보며 웃기도 하고 밤이 되면 감사 기도를 드렸다. 하지만 난 어디로든 가야만 했다. 상실을 감사함으로 여겨야 한다는 믿음의 의무를 내려놓고 싶었다. 마음에 찬 슬픔을 꺼낼 수 있는 시간은 다른 곳에서 찾아야만 했다. 그해 12월, 비행기를 타고 대양과 대륙을 건너 28시간 후에 아프리카 땅에 도착했다. 아무도 날 알아보지 않는 그곳에서 나는 수많은 흑인 사이에 서 있었다. 그리고 상자를 열었다. 아빠의 몸을 태우던 날, 상주인 내 손에 놓인 아빠의 유골함을 안고 꾹꾹 참았던 그 울음을 이제야 토했다. 12월에도 땀이 흐르는 검은 땅에서 꺽꺽 울어도 왜 우냐고 묻는 이는 아무도 없었다.

다음 해 봄, 셰익스피어와 세르반테스가 죽은 '세계 책의 날'에 나는 새하얀, 반짝이는 드레스를 입고 다른 길을 걸었다. 믿음의 세계에서는 축복받는, 믿음 밖의 세계에서는 의아한 결혼이었다. 그리고 나만의 세계에서는 '아빠 없는 집'을 도망쳐 나오는 가장 자연스러운 방법이었다. 결혼 후 한 달이 지나서 알았다. 나는 남편 있는 집이 아니라 여전히 '아빠'가 있는 집을 원하고 있다는 것을. 내가 결심한 모든 일은 어쩌면 도피가 아니었을까. 결심의 동력은 두려움이었다. 그런데 우습게도 무언가 결심하는 순간만큼은 내가 대단히 용감해지고 주체적인 사람인 양 자신을 속인다. 두려움을 용기와 도전으로 위장하고 다른 길을 향해 전력 질주로 달려도망간다. 마침내 달려온 그 길은 어쩌면 흉터가 된다. 두려워 도망친 이들은 두려움을 고백하지 못해 스스로 문신을 새긴다.

제 발로 걸어간 길에서 넘어져 주저앉을 때도 신은 혀를 차지 않고 묵묵히 지켜보았다. 말씀만으로 단번에 세상을 만드신 창조자는 애타지 않고 갈망하지 않고 모든 것을 이룰 수 있으니 혀 같은 건 필요 없다. 하지만 두렵고 무력한 나는 신 앞에서 혀를 내밀고 가끔은 스스로 깨물기도 하고 무언가를 애타게 핥는다. 새끼를 핥는 엄마 고양이처럼, 서로의 혀를 쓰다듬는 연인처럼. 닿지 못한 것에 닿으려는 애씀처럼. 조심스럽고 애처로운 갈망으로 신이 절대 할 수 없는 삶을 살아간다.

+ 내쉬며 +

나뭇잎 아래

몸은 속삭이지 않는다. 몸은 변명할 여지없이 분명히 말한다. 발그레해진 것, 주름진 것, 뒤돌아보지 않는 것. 고개를 저쪽으로 기울인 것. 모두 선언하고 있다. 하지만 해석으로 달린 많은 말과 글이 오히려 의미를 가린다. 오히려 머뭇거리는 몸짓이야말로 정확한 표현이라고 봐야 한다. 나는 망설이고 있다. 무엇과 무엇 사이에서, 쓰고자 하는 것과 절대 쓰고 싶지 않은 것 사이에서. 하지만 그 망설임이 글이 되었을 때 정확했던 몸짓은 문자에 섞여 흐려지고 희미해진다.

어쩌면 몸으로 드러난 진실을 가리기 위해 계속해서 쓰고자 하는 건지도 모르겠다. 마치 아담과 하와의 첫 속옷처럼. 성경 창세기에서 아담과 하와는 하나님의 명령을 어기고 선악과를 따먹는다. 발가벗은 몸을 그제야 알게 된 이들은 나뭇잎으로 자신의 부끄러움을 가린다. 하지만 나뭇잎은 금세 시들어 너덜너덜해지고 만다. 지금 내가 쥐고 있는 나뭇잎/종이조각도 임시방편의 허술한 가리개일 뿐이어서 찢어지고 구멍 난 사이로

부끄러움이 드러날 것이다. 그럼 또 나는 좀 더 싱싱한 잎을 구하기 위해 애글를 쓰겠지. 아담과 하와처럼 신이 직접 짐승을 죽여서 든든한 가죽옷을 주지 않으신다면 내가 무슨 재주로 튼튼한 가죽 팬티를 구할 수 있을까. 가릴 수 없는 것들을 나뭇잎 한 장으로 가리는 이 글쓰기는 그저 민망하고 가엾다.

　무엇을 드러내고자 함이 아니라 가리고자 하는 글쓰기. 쓰고 싶은 무엇을 쓰려는 게 아니라 쓰고 싶지 않은 무엇을 외면하기 위해 쓰는 글. 그사이에 긴장과 두려움이 흐른다. 값싼 지우개는 더 깨끗이 지우려 할수록 연필 자국이 시커멓게 번져서 검은 얼룩을 남긴다. 내가 쓰고 있는 문장은 그렇게 썼다가 지워버리려고 했던 이야기, 얼룩덜룩한 흔적이다. 여기엔 흔적만 남아있다. 이게 나의 최종 목적지일까. 여기 지저분한 흔적을 본 당신은 자신의 이야기를 떠올리며 기침을 할까. 눈을 감을까. 어쩌면 코끝을 두세 번 만지며 고개를 돌릴 수도 있겠지. 그런 당신 얼굴을 가만히 떠올린다.

맨손문고 2
사각사각

첫판 1쇄 펴냄 2025년 12월 24일

지은이 이지원
디자인 스튜디오숲, 이지영
기획·편집 김대성

ISBN 979-11-978685-9-7 03810
책값 11,000원

펴낸이 김대성
펴낸곳 곳간
출판등록: 2021년 10월 25일 (제2021-000015호)
주소: 부산시 중구 동광길 42 6층 601호
Email: goatganbooks@gmail.com
Fax: 0504-333-1624
인스타그램: goatganbooks
페이스북: goatganbooks
블로그 : https://blog.naver.com/goatganbooks